AF592205

COLLECTIONS

ET

COLLECTIONNEURS ALSACIENS

COLLECTIONS

ET

COLLECTIONNEURS

ALSACIENS

1600-1820

Antiquités, Monnaies, Médailles, Tableaux, Manuscrits, Gravures, Curiosités, etc.

PAR

ARTHUR BENOIT

Membre de la Société d'archéologie lorraine, Correspondant de la Société d'émulation des Vosges, et de la Société française de numismatique et d'archéologie

STRASBOURG

NOIRIEL, Libraire | *Rue des Serruriers*, 27

SIMON, Libraire | *Grand'rue*, 135

1875

« Les collectionneurs sont les heureux du siècle, ils échappent à l'ennui, se préoccupent peu des bruits de la terre, peuvent satisfaire leur passion prédominante à tout âge, vivent généralement fort vieux, et meurent presque sans s'en douter. Chaque jour leur apporte une jouissance nouvelle, et les plus experts ont la joie de contenter leurs désirs en augmentant leur fortune; car une collection bien faite acquiert souvent la valeur d'un gros patrimoine.[1] » A ce tableau si vrai, tracé de main de maître, il faut ajouter qu'avant la fin du XVIIe siècle, et avant la réunion de l'Alsace à la France, il existait déjà, dans cette province, « des cabinets de curiosités tant naturelles qu'artificielles.[2] » « Si les bibliothèques[3] sont des amas de livres, selon l'auteur de la *Bibliothèque curieuse et instructive*, les cabinets, au contraire, sont destinés à certains livres de choix et aux curiosités qui en peuvent faire l'ornement; les plus ordi-

[1] Lorédan Larchey. *Revue anecdotique*, Paris, 1859, p. 193.

[2] Hermann. *Notices historiques, littéraires et statistiques sur Strasbourg*, 1819, 381-392.

[3] Trévoux, 1704, in-12. Exemplaire de l'abbaye d'Etival.

naires sont les tableaux, estampes, monnaies, sceaux, médailles, jetons, statues, raretés des Indes, de la Chine, du Japon, animaux étrangers, plantes singulières, métaux, minéraux, pierreries, camaïeux, pierres gravées, agates, talismans, manuscrits, cartes, armes antiques et modernes, instruments de musique, habits de toutes les nations, poids et mesures des anciens, coquillages, pétrifications, urnes, vases, lampes antiques, etc. »

Comme on le voit, le champ est vaste pour les chercheurs, même il y a deux cents ans, époque où furent écrites ces lignes. L'amateur moderne n'y trouvera rien à changer. C'est pour lui faire connaître les noms de quelques-uns de ses confrères alsaciens, que j'entreprends ce travail, heureux si, malgré de nombreuses lacunes, il en est satisfait.

DIX-SEPTIÈME SIÈCLE.

Le cabinet Schafelitzky ou Schafflützel est la plus ancienne collection strasbourgeoise que j'aie pu rencontrer. Gaston d'Orléans avait offert 24,000 florins pour les 18,000 monnaies ou médailles, pesant 200 livres en argent et 14 marcs d'or, qui en étaient le plus bel ornement, et qui attiraient dans l'hôtel Schafelitzky, rue des Pucelles, tous les étrangers de distinction, lors de leur passage dans la capitale de l'Alsace.[1] Gaston, comme on le sait, grand amateur de raretés, était, pour s'en procurer, continuellement en correspondance avec les savants du temps, soit par lui-même, soit par son bibliothécaire, l'abbé Blondeau.

Les riches patriciens strasbourgeois avaient, comme dans beaucoup d'autres grandes cités, le goût des raretés. Sébastien Schag, dont le nom a survécu, grâce à son voyage en Terre-

[1] F. Piton, *Strasbourg illustré*, v. p. 81.

Sainte, avait, de retour à Strasbourg, et étant membre du Conseil des Quinze, acheté une mèche des cheveux du célèbre peintre Albert Dürer.[1] Cet amour des belles choses animait aussi les plus grands seigneurs : le cardinal de Richelieu, pour augmenter ses trésors bibliographiques, payait largement des érudits de tous les pays, entre autres Jean Tilman Stella, d'origine allemande. Ce choix était justifié par la profonde connaissance des livres qu'avait ce docte personnage, qui, outre une riche collection d'imprimés, possédait une magnifique suite de manuscrits qui avaient déjà fait, avant la sienne, la réputation de deux bibliophiles, enfants tous deux de la ville de Schlestadt : Jacques Spiegel, secrétaire de l'empereur Maximilien, et Jacques Wimpheling.

A Paris, le docteur Jacques Mentel, né à Château-Thierry, de parents originaires de Strasbourg, avait aussi commencé de bonne heure à amasser des manuscrits précieux. Il avait le manuscrit grec de Simon Sethi, d'après lequel on donna l'édition grecque et latine de 1657, et des manuscrits et révisions de Celse, dont Gui Patin lui reprochait, au mois de juin de la même année, de faire attendre trop longtemps l'impression. « Il est vrai que Mentel avait le défaut de beaucoup de collectionneurs : il achetait avec la ferme intention de publier, mais il ne faisait jamais rien.[2] » Sur quoi, Gui Patin, prenant le parti des éditeurs des classiques, qui avaient souvent recours à lui, ne manquait pas une occasion de le railler.

Pierre Petit adressa au docteur Mentel, une de ses élégantes odes latines, dans laquelle on trouve les vers suivants :

> Sic te Menteli, si qua intractabile cœlum
> Non sinit agrorum pellere more fores;

[1] X. Mossmann. Notice publiée dans le *Dictionnaire biographique d'Alsace*, 1869.

[2] A. de la Fizelière. *Rimaille sur les plus célèbres bibliothèques de Paris*, p. 259.

Intentum libris, veterumque obscura medentum
Scrinia versantem Pieris umbra tenet.

En 1669, la bibliothèque de Mentel, alors riche de plus de 10,000 volumes, alla enrichir celle du roi.

Ce médecin bibliophile, dont les ancêtres avaient quitté l'Alsace en 1548, était parent de Jean Mentelin, l'inventeur de l'imprimerie. Quoique le nom de Jean Gutemberg ait prévalu dans la capitale de l'Alsace, bien des érudits accordent le premier rang au modeste enfant de Schlestadt. Parmi eux, on peut citer l'avocat Dorlan, l'imprimeur Heitz.[1] Grâce à leur zèle et à celui du curé d'Obernai, le buste de Mentelin fut inauguré dans une des salles de la bibliothèque de la ville de Schlestadt. L'historien Schœpflin conservait précieusement dans son cabinet la pierre tombale de Mentelin. Ce modeste monument, gravé par Weis, pour le *Museum Schœpflini* d'Oberlin, a été détruit lors du funeste embrasement de la bibliothèque de Strasbourg, pendant le siége de cette ville. Une autre relique existerait encore peut-être de l'illustre imprimeur. Cela serait sa presse, qui, d'après Hermann, fut longtemps conservée avec soin : peut-être, dit-il, sera-t-elle retrouvée quelque jour parmi les nombreux modèles et machines depuis trop longtemps entassés dans une chambre obscure, d'où, faute d'emplacement convenable, on n'a pas encore pu les retirer. Cette chambre obscure est un des étages de la tour qui servait d'observatoire, la tour près de l'hôpital actuel.[2] Le docteur Mentel avait déjà cherché, par divers écrits, à tirer de l'oubli la mémoire de son parent.

[1] Ch. Gérard. *Les Artistes de l'Alsace pendant le moyen-âge*. 1872. Feu Heitz était un des plus intrépides collectionneurs de tout ce qui regardait l'Alsace. « La détermination du véritable inventeur de l'art typographique formait le sujet favori de ses études, pendant ses dernières années. » (R. Reuss. *Catalogue Heitz*, 1868.)

[2] Hermann. *Notices littéraires, historiques, sur Strasbourg*, 1819, t. II, p. 413.

Tout ce qui peut constituer un cabinet se trouvait chez Louis-Balthazar Künast, riche négociant strasbourgeois et assesseur au grand Sénat. Il avait des objets d'histoire naturelle, des antiquités, des monnaies, des médailles, des curiosités, des gravures et des tableaux. Parmi ces derniers, quelques œuvres de Jean Baldnung dit Grün, peintre mort à Strasbourg en 1545; quatre toiles de Jean Hirtz: *la Vierge avec l'enfant Jésus; un Port de mer; une Forêt; la Mort tirant sur un vieillard et sur une vieille femme.* Toutes ces peintures étaient exécutées à l'huile, les trois dernières sur cuivre. Presque tous les peintres alsaciens étaient représentés dans la galerie de Künast. Cet amateur passionné avait réuni en outre plus de 3,000 gravures, et son catalogue [1] porte le nom de plus de cent maîtres. Künast avait la vue de la cathédrale, découpée en parchemin, d'après le dessin de Specklin.

Le catalogue Künast se trouvait dans une collection de livres vendus récemment à Strasbourg; c'était une brochure in-18, imprimée à Strasbourg, en 1655-1668.[2]

Un des fils de Balthazar-Louis ou de Georges Künast, fit vendre toutes les raretés amassées par sa famille depuis tant d'années. L'*Armorial d'Alsace*, de 1696, mentionne un Philippe-Hougs Künast, avocat et procureur au grand Sénat.

[1] C'est un des plus anciens connus. Voici le titre : ΕΧΩΤΙΚΟ-ΘΑΥΜΑΤΟΥ-ΡΓΗΜΑΤΟ-ΤΑΜΕΙΟΝ, *d. i. Ordentliche Verzeichnüsz derjenigen Raritæten fremder und anderer Sachen so sich in Hern Balthazar Ludwig Künasts E. E. Grossen Raths Beysitzers und furnehmen Handelsmanns seel. hinder lassener Kunstkammern befunden. Strassburg, gedr. bey. I. Welpern, im. J. MDCLXVIII, in-8°.*

La seconde édition in-4° parut en 1673. *Museum genuinum Kunasterium.* Le professeur Hermann avait ces deux catalogues; la bibliothèque de Strasbourg en avait aussi un exemplaire. Il est moins que cendres actuellement.

[2] *Weickamms Kunstkammer in Ulm zu sehen*, etc. (Librairie Aug. Simon. Novembre 1874.)

Il a laissé des notes très curieuses sur Strasbourg.[1] Selon lui, à la fin du XVIIe siècle, on comptait dans cette ville, sept beaux et grands jardins, connus sous le nom de Lemps,[2] Flach,[3] Kausmann,[4] Spielmann,[5] Lobstein,[6] Sebitz,[7] et Richshoffer.

Outre un beau jardin, l'ammeister Daniel Richshoffer, né le 10 décembre 1640 et mort le 23 septembre 1695, avait encore une belle collection de tableaux et de gravures.[8]

Un M. de Ratzamhausen, de Strasbourg, avait réuni un cabinet aussi important que ceux de Künast et de Brackenhoffer. Son catalogue est mentionné par Keysler, dans ses *Neuesten Reisen*, t. Ier, p. 152, en l'an 1729. Il a été réimprimé en 1763, à l'occasion de la vente de ce qui restait de ce cabinet. M. de Ratzamhausen, outre une riche bibliothèque, un médaillier, avait plus de 30,000 gravures. Un tatou (*Panzerthier*) à neuf bandes, décrit par Schreber, passa de ce cabinet dans celui d'Hermann.

Schœpflin avait proposé à Dom Calmet l'achat du cabinet Ratzamhausen, pour le monastère de Senones. Le propriétaire en demandait 30,000 francs, mais peut-être serait-il plus traitable,[9] observait-il.

[1] 1° *Beschreibung der Stadt Strassburg*. 2 volumes manuscrits in-4°, complétés par G. Schertz. Hermann s'en est servi pour ses notices. 2° *Dodecas anagrammatum ; épitaphiorum atque inscriptionum sepulcralium præsertim argentoratensium*. Cette dissertation est citée par l'archiviste Breu (V. Aufschlager, *l'Alsace*). Toutes ces richesses, conservées dans la bibliothèque, sont perdues à jamais.

[2] Sénateur.

[3] Médecin (famille d'imprimeurs célèbres).

[4] Orfèvre.

[5] Sénateur.

[6] Marchand.

[7] Médecin professeur.

[8] Son portrait a été gravé par J.-A. Seupel. Presque tous ses tableaux passèrent dans la collection Mayno.

[9] L'abbé Guillaume. *Nouveaux documents sur la correspondance de D. Calmet*. Nancy, 1874, p. 94.

On pouvait alors aisément se former une collection d'antiquités. Celles-ci n'étaient pas rares en Alsace. Beaucoup gisaient où la charrue venait de les découvrir : souvent un dieu était converti en moëllons. Les murs du couvent des Récollets d'Ehl, petit hameau bâti sur les ruines de l'antique *Helvetus*, près Benfeld, renfermaient une foule de sculptures gallo-romaines. Plus tard, la bibliothèque de Strasbourg y recueillit deux autels, dont un quadrilatéral avec les figures de Minerve, de Mercure, d'Hercule et de Vesta.

Bien des églises avaient des fragments antiques incrustés dans leurs murs : celles de Schweighausen, de Dorlisheim, de Langen-Soultzbach, de Seltz, d'Avolsheim, de Mackwiller, la chapelle de Reichshoffen, etc. Dans le département de la Meurthe, il n'y avait que l'église de Tarquimpol (l'ancienne station de *Decempagi*), qui offrait cette particularité.

Strasbourg eut dans ses murs, quelques années avant sa réunion à la France, un célèbre numismate parisien, le docteur Charles Patin. Il y fit imprimer, en 1671, ses *Imperatorum romanorum numismata*,[1] ouvrage bien oublié de nos jours, et c'est de cette ville qu'il écrivit, en janvier et en octobre de la même année, les relations de ses courses artistiques et numismatiques en Allemagne. Il est à regretter qu'il n'ait pas donné la description de « la fameuse ville de Strasbourg » qu'il avait promise.

Quelques propos indiscrets lui avaient attiré la haine de Colbert, et il avait cru prudent de s'expatrier. Il alla mourir, toujours exilé, à Padoue, où il occupait une des chaires de l'Ecole de médecine. On le voit, sur son beau portrait in-4°, revêtu de sa robe de docteur, tenant une médaille à la main ; la chaîne d'or à médaillon, présent du prince de Wurtemberg, pend à son col ; un riche médaillier est à côté de lui.

[1] *Relations .... de voyages en Allemagne, Bohême, Angleterre*, etc Amsterdam, 1695, p. 135.

A droite, sous le trait, *T. Roos del.* Au dessous, le professeur Bœcler a écrit un quatrain laudatif en latin.

A Strasbourg, le cabinet d'Elias Brackenhoffer, issu d'une famille patricienne de cette ville, était excessivement curieux. Beau-frère du célèbre généalogiste Spenerus, Elias, né en 1618, voyagea pendant les années 1643 et 1647, en Allemagne, en France et en Italie. Il a laissé sur ces pays d'intéressantes relations avec des notices sur les villes qu'il a parcourues, sur les mœurs et sur les personnages notables de l'époque, avec un grand nombre desquels il s'était mis en relation. Pendant ses voyages, il réunit les premiers éléments de sa riche collection d'antiquités, de monnaies, de médailles, d'objets d'histoire naturelle, d'objets d'art, de curiosités, de tableaux et de gravures. La relation de ses voyages n'a jamais été publiée, et le manuscrit de sa collection de monnaies fut donné à la ville par le dernier de ses descendants.[1] Elias Brackenhoffer demeurait rue des Serruriers, dans l'hôtel de sa famille, devenu, de nos jours, la *Brasserie du Léopard*. (Piton, v. 204.)

On remarquait dans sa galerie de tableaux plusieurs toiles de vieux peintres strasbourgeois : un *Saint Jérôme sur ivoire*, par Pierre Dieterlin; deux aquarelles sur bois : le *Rapt des Sabines* et le *Christ en croix*, par J.-Félix Bieler, etc.

Le catalogue Brackenhoffer parut en 1683, lors d'une vente que l'on fit d'une partie de ses curiosités. La minéralogie allait jusqu'à la page 78; l'histoire naturelle jusqu'à la page 91; la botanique jusqu'à la page 94; les « choses artificielles » jusqu'à la page 110; et les antiquités jusqu'à la page 160.[2]

[1] Frédéric Brackenhoffer, maire de Strasbourg. Après le blocus de 1814, les Strasbourgeois lui offrirent un vase en vermeil ciselé par Kirstein, d'après les dessins d'Ohmacht, qui sculpta aussi son buste. M. Brackenhoffer possédait une grande toile de Heim, représentant *Faustinus apportant à sa femme Romulus et Remus.*

[2] J. Hermann. *Les différents cabinets de curiosités de Strasbourg avant*

Le catalogue des monnaies donné à la ville formait 3 volumes in-folio : il avait été rédigé par le collectionneur lui-même, sous le titre : *Pecuniarum nummorumque totius fere orbis historia et jura, lexici forma proposita*, ou *Beschreibung der meisten Geldsorten der ganzen Welt, nach der Ordnung des Alphabets vorgetragen. Strasbourg, 1665.* Tous les ouvrages numismatiques alors connus sont cités dans la préface.

Il est étonnant que l'auteur de la *Bibliothèque curieuse* (p. 115) mette ce catalogue comme imprimé à Strasbourg, in-4°, en 1577. Le même ordre est observé que dans celui d'Olœüs Worm, de Copenhague. Elias exhorte d'abord les curieux à dresser plusieurs cabinets semblables, pour l'utilité du public et pour retirer de l'oubli et de la poussière une infinité de choses rares et curieuses qui périssent, étant dissipées.

Le savant collectionneur qui donnait de si bons conseils était en outre un bibliophile distingué, qui avait eu le bon esprit de faire graver pour sa bibliothèque un *ex libris* finement travaillé avec ses armoiries parlantes, comme les décrit l'*Armorial d'Alsace*, qui donne également le blason de sa femme, Barbe Ehrard. La devise du noble conseiller des Treize, était : *Ps. 37, V. 4. Wirds wohl machen.*

Une collection qui attira l'attention du savant Dom Ruinart, de passage à Strasbourg pour y faire des recherches historiques, fut, en 1696, le *Museum Ipolii* (*sic*), qu'il déclare être d'une grande richesse en objets précieux de tout genre. Il aurait été à désirer que le savant religieux eût été plus explicite et nous ait initié un peu plus à la vie intellectuelle du Strasbourg de cette époque. Quoi qu'il en soit, Dom Ruinart a voulu sans doute parler du cabinet de

la Révolution de 1789; 3 pages manuscrites in-4°. Collection Heitz, n° 1498. (A la bibliothèque de l'Université de Strasbourg), manuscrit de l'un ou l'autre des frères Hermann.

Sporer [1] ou de Jean-Frédédéric Spoor, libraire, remarquable par ses objets d'histoire naturelle, ses curiosités et ses objets d'art, et dont la marque était un olivier croissant sous la gloire de Dieu; devise : SIC FACILE CRESCAM ; au bas, son monogramme. Comme en Italie et ailleurs, les libraires strasbourgeois possédaient des antiquités et des objets d'art.

Dom Ruinart eut le bonheur de rencontrer, dans le vicaire général de l'évêque de Strasbourg, un bibliophile distingué et un savant appréciateur des études historiques. C'est à Feldkirch que l'abbé de Camilly [2] vint trouver Dom Mabillon. Après avoir assuré l'élection de M. de Rohan, comme chanoine, puis comme évêque de Strasbourg, M. de Camilly fut nommé à l'évêché de Toul, puis à l'archevêché de Tours. On conserve encore le catalogue de la vente de ses livres. Dans l'enclos de Sainte-Odile, il existe une pierre-borne à ses armes, et son portrait se trouve à la bibliothèque de Caen, comme bienfaiteur.

Le cardinal de Rohan, premier du nom, évêque de Strasbourg, acheta, moyennant 36,300 livres, la célèbre bibliothèque de Thou, possédée alors par le président de

[1] HERMANN, t. II, p. 382. Sporer, amateur d'objets d'art, d'histoire naturelle et de curiosités. Sporer et Spoor doivent être le même nom.

[2] Et non l'*abbé de Camillac*, comme l'écrivent Matter et l'abbé Marchal : *illustrissimum abbatem Camilliacum vicarium generalem* (l'abbé de Camilly, vicaire général). Il s'est rendu assez célèbre en Alsace pour que l'on se souvint un peu plus de son nom. M. Ch. Gérard en parle longuement dans sa charmante brochure *l'Alsace à table*. Son catalogue de livres est intitulé : *Camilliana, seu catalogus librorum bibliothecæ D. D. Francisci Blouet de Camilly, archiepiscopi Turonensis. Parisiis. C. Osmont et Gab. Martin, 1726.* (Vente Luzarches 1869, n° 5991.) Le portrait de M. de Camilly a été gravé dans l'*Histoire du diocèse de Toul*, par le R. P. Benoît Picard. L'humble capucin a du être bien étonné, dans l'autre monde, de la bévue du savant abbé Marchal, qui a eu le tort de sauter plusieurs passages dans la traduction du *Voyage de Dom Ruinart en Alsace* (*Documents sur l'Histoire de Lorraine*, 1862, p. 83), qu'il traduisit.

Menars. Le cardinal avait déjà un commencement de bibliothèque. Il habitait, à Paris, l'admirable hôtel qui porte encore son nom, rue du Chaume. La collection qu'il venait d'acquérir fut placée dans les appartements du rez-de-chaussée, et par ses ordres, son bibliothécaire, l'abbé d'Oliva, Italien d'une grande érudition, rendit à la bibliothèque de Thou une partie de l'éclat dont elle avait joui sous son premier maître. Il l'augmenta des manuscrits de la collection P. Pithou, de Nicolas Lefèvre, de P. Dupuy (dans ces derniers était le recueil de Loménie). Cette belle bibliothèque, un des joyaux de l'hôtel de Soubise, eut une bien triste fin : elle fut vendue lors de la faillite du prince de Guéménée. La vente, qui eut lieu en 1789, dura quatre mois, et ne produisit que la faible somme de 26,000 francs, chiffre bien inférieur à sa valeur. Il y avait 60,000 volumes ! ! ! Ils sont, pour la plupart, bien reconnaissables à leur belle reliure en maroquin rouge avec filets et tranches dorées et armoiries sur les plats.[1]

Un souvenir bibliographique se rattache encore à la mémoire du cardinal de Rohan. Ce fut lui qui, en 1725, lors d'une visite à l'abbaye princière des chanoinesses de Remiremont, comme délégué apostolique, ordonna l'établissement d'une bibliothèque dans l'illustre Chapitre.[2] Ce fut le commencement de la future bibliothèque municipale de la ville.

A Colmar, Nicolas Corberon père, premier président du Conseil souverain d'Alsace, avait apporté, en 1700, de Metz, où il était procureur général, une assez importante collection de manuscrits sur la Lorraine et le pays messin, et une

[1] A. Francklin. La Bibliothèque de J.-A. de Thou (*Bulletin du bouquiniste*, 1870, p. 25).

« Le cardinal de Rohan, dit Madame dans sa *Correspondance*, a belle mine comme madame sa mère ; mais il n'a pas de taille : il est vain comme un paon, plein de fantaisies, tripotier, intrigant, esclave des jésuites ; il croit tout gouverner, et il ne gouverne rien ; il croit être sans égal au monde. » (Paris, 1863, t. I, p. 214.)

[2] *Statistique des Vosges*, t. I, p. 590, 1847.

collection de médailles antiques.[1] Son fils, également premier président à Colmar, donna le tout à Dom Calmet, abbé de Senones, après le décès de son père. Ce dernier, né à Paris en 1653, fut enterré à Colmar, dans l'église des Pères Augustins. Le premier président Rossée occupait, dans ses derniers temps, l'hôtel Corberon. Le graveur des Rochers a reproduit, dans une grande planche, les traits de trois Corberon : les deux de Colmar et celui qui fut avocat général à Metz.

Le mathématicien strasbourgeois Jean-Gaspard Eisenschmidt était un archéologue distingué ; il s'était passionné pour les antiquités, les monnaies et les médailles. Après son décès, en 1712, la ville de Strasbourg acquit ses instruments astronomiques. Son quart de cercle, garni d'une lunette sans micromètre et d'un limbe en cuivre divisé par transversales, fut transporté à l'observatoire, où il était conservé avant 1789, comme objet de curiosité.[2] C'est le mathématicien strasbourgeois, Jules Reichelt,[3] numismate et amateur lui-même d'antiquités, comme Eisenschmidt, qui décida le magistrat, en 1673, à céder la tour de l'hôpital pour les observations astronomiques.

Les peintres Walther père et fils avaient formé un cabinet d'objets d'art et de curiosités à Strasbourg. Ils sont cités par Hermann avec d'autres amateurs du même genre, le mathématicien Jules Reystz et un bourgeois nommé Mülbe. Les chirurgiens A. Krieger et Herr collectaient les antiquités, les monnaies et les médailles ; le marchand Georges Menges recherchait les objets d'art, les curiosités, les gravures et les

[1] L'*Ex libris* de M. de Corberon est anonyme ; on y voit ses armes d'azur au chevron d'or accompagné de trois tours de même ; deux licornes pour supports. D. Calmet. *Bibliothèque lorraine*. S. Lieutaud. *Catalogue des portraits lorrains*.

[2] Oberlin. *Almanach d'Alsace*, 1788, p. 260.

[3] 1637-1717

tableaux. Le greffier de la fabrique Notre-Dame Winter avait réuni beaucoup d'objets d'histoire naturelle, ainsi que Mülbe, cité plus haut.

DIX-HUITIÈME SIÈCLE.

Le botaniste Jean-Philippe Bœcler, fils du professeur à l'Ecole de médecine,[1] outre sa bibliothèque scientifique, avait réuni beaucoup de médailles, de monnaies et d'antiquités. Cette collection fut dispersée après sa mort, arrivée en 1756.

Un avocat au Conseil souverain d'Alsace, Nicolas-Joachim Descartes, nommé, en 1718, conseiller au Parlement de Metz, était aussi un chercheur infatigable. Il avait fait détacher les deux inscriptions d'un autel quadrilatéral en pierre, trouvé près de Metz en 1749, et en avait fait don à M. Gayot, depuis prêteur royal à Strasbourg. M. Gayot fils les donna à Schœpflin.[2] A la mort de M. Descartes, arrivée en 1769, à l'âge de 77 ans, on vendit toutes ses collections. M. Dupré de Geneste acheta, pour 2,295 livres 6 sols, un lot très important d'estampes, d'objets d'histoire naturelle, de tableaux, de porcelaines, de dyptiques en ivoire, etc. Les Bénédictins messins ont signalé le conseiller Descartes comme un homme de goût, possédant de grandes connaissances en archéologie.[3]

Le professeur de logique et de métaphysique J.-P. Bartenstein[4] (1652-1726), originaire de Lindau, avait formé, à Strasbourg, une collection numismatique, à laquelle il avait joint quelques antiquités. Il était membre de la Société poétique, connue sous le nom de *Kleeblatt*.

[1] G. Stoffel. *Dictionnaire biographique d'Alsace*. Mulhouse, 1869.

[2] Schœpflin les a fait graver dans son *Alsatica*, t. I, p. 587; les Bénédictins de Metz, dans leur Histoire de cette ville, les donnent également, ainsi qu'Oberlin.

[3] E. Michel. *Biographie du Parlement de Metz*, 1853, p. 123.

[4] J.-A. Seupel a gravé son portrait.

Le bedeau de l'Université protestante de Strasbourg, Jean-Pierre Tschernein, antiquaire, comme il s'intitule, fut condamné par le grand Sénat à faire, le 10 juin 1728, amende honorable et au bannissement, pour avoir exposé des estampes contre la religion catholique.[1] En vain prétendait-il que ces gravures représentaient un ancien pilier de la cathédrale de Strasbourg, décrit et représenté dans l'ouvrage de Schadæus, imprimé en 1617, et qu'il les avait achetées à l'inventaire d'un autre antiquaire nommé Dallhofen ; les estampes furent brûlées par la main du bourreau, et la sentence exécutée contre lui.[2]

Les monastères alsaciens suivaient le mouvement scientifique de l'époque. Les études refleurissaient en paix, après les grandes guerres du XVIIe siècle ; et ce n'est qu'avec réserve que l'on doit ajouter foi au dire jaloux de quelques religieux ou de quelque érudit, qui ne faisaient souvent pas assez la part des désastres qui avaient accablé les établissements claustraux de la province dans les siècles précédents. Que d'abbayes avaient été pillées et incendiées ! que d'archives avaient été détruites ! que de bibliothèques dispersées ! Il n'est donc pas étonnant que le frère Martin,[3] prémontré du couvent de Sainte-Odile, se soit permis d'écrire à l'illustre abbé de Senones, Dom Calmet, « que les bons Pères du pays préféraient passer un demi-jour à table qu'un quart d'heure dans leurs archives. »[4] Cette attaque injuste était répétée plus tard par l'historien Grandidier. « Vous trouverez dans les abbayes de cette province, écrivait-il à Dom Grappin, peu

[1] *Revue d'Alsace*, 1859, p. 41.

[2] Dans ses *Curiosités de voyages en Alsace*, M. Aug. Stœber a omis la dernière page du récit du très célèbre évêque de Salisbury, Gilbert Burnet. Cette page de l'évêque anglican est la description du chapiteau à l'occasion duquel Tschernein fut condamné, et d'un autre chapiteau représentant un moine glissant sa main sous le vêtement d'une nonne.

[3] 1724, l'abbé de Cussy, auteur d'une *Histoire du Hohenbourg*.

[4] L'abbé Guillaume. *Correspondance de Dom Calmet*. Nancy, 1874.

de science et point de bibliothèque, mais de la bonhomie et du bon vin. »[1] Plus loin, l'abbé, s'adressant à un magistrat, est plus incisif : « Comme nos bénédictins de cette province ne sont rien moins que travailleurs, et qu'ils n'ont en général d'autre occupation que leur chœur et leur cave », il demande une pension sur.... une abbaye!!!

En réponse à ces injustes appréciations, Nicolas Delfils, abbé de Lucelle, reformait à grands frais sa bibliothèque incendiée totalement. Vers la fin du siècle précédent, plusieurs moines étaient morts victimes de la science, en voulant sauver des manuscrits. Les volumes de la nouvelle bibliothèque de l'abbaye sont reconnaissables aux armoiries dorées frappées sur les plats (1708-1751).

Les religieux de Marmoutiers entretenaient une correspondance historique suivie avec les savants lorrains. Dom Calmet, le capucin B. Picart, de Toul, les doctes Bénédictins de Metz, étaient souvent consultés par eux. Le bibliothécaire cherchait à refaire une liste complète des abbés du monastère et des prieurs de Saint-Quirin, que les auteurs du *Gallia Christiana* avaient donné avec beaucoup de fautes. « La bibliothèque de Marmoutier, dit l'abbé de Senones, a peu de livres antiques, mais des nouveaux assez. »[2]

L'abbé de Neubourg, Jacques Glacier d'Auvillers, avait enrichi la bibliothèque de son monastère, de livres rares et précieux (1715-1759).

L'abbaye de Munster était devenue un foyer de fortes études. « Voltaire est très partisan des Bénédictins, écrivait un religieux de ce couvent. C'est le seul Ordre qu'il aime, parce que nous étudions et que nous laissons le monde

[1] Ch. Weiss. *Revue d'Alsace*. 1855, p. 331.

[2] Manuscrit de la bibliothèque de Metz. — A. Benoit. *Lettre inédite de P. Benoit Picart, sur le prieuré de Saint-Quirin* — D. Calmet *Notice de Lorraine*.

comme il est, sans nous mêler d'intrigues. » Cela n'empêchait pas le coadjuteur de l'abbaye, Dom Benoît Sinsart, d'envoyer ce coup de patte à ses doctes confrères : « Les étranges gens que les Allemands! Dieu les bénisse avec leur érudition, qu'on ne sait à quelle sauce mettre ! » L'abbé de Munster se couvrait, dans des circonstances extraordinaires, de la couronne dite du roi Dagobert.[1]

A Neuwiller, l'abbé-prévôt Le Vayeur, originaire de Phalsbourg, avait créé une bibliothèque remarquable dont on rencontre souvent des exemplaires, reconnaissables au blason et au nom de l'abbaye, frappés en or sur les plats des volumes.[2] L'abbé Le Vayeur achetait tous les manuscrits qu'il pouvait rencontrer. C'est ainsi qu'il acquit un *Armorial du Magistrat de Strasbourg*, richement enluminé et qui se trouve actuellement chez un antiquaire de Strasbourg.[3] L'église paroissiale actuelle possède encore les belles tapisseries représentant les miracles de saint Adelphe, évêque de Metz, restaurées dans ces dernières années par la Société française d'archéologie.

Dom Ruinart, Dom Calmet, et plus tard l'inspecteur Matter, ont parlé des manuscrits de la bibliothèque de l'abbaye princière de Murbach,[4] qui possédait jadis de splendides tapisseries représentant les bienfaiteurs du couvent, et de splendides pièces d'orfèvrerie sacrée, reliquaires, bustes en argent, calice de 1606 valant 500 ducats d'or, enfin une mître phrygienne *mitra phr:gionica*, ornée de perles et d'or, *opus elegantissimum*.[5]

[1] Schœpflin a donné le dessin de cet insigne royal.

[2] *Bibliothèque de Saverne. — Ancienne bibliothèque de Strasbourg. — Bouquinistes de cette ville.* Abbé Guillaume. *Manuscrit des P. P. Capucins de Phalsbourg.*

[3] M. G. Brion, place de la Cathédrale. L'abbé Staub. (*Société des Monuments historiques d'Alsace*, 1868).

[4] *Rev. d'Als.*, 1855, p. 1. Quelques-uns sont à la bibliothèque de Colmar.

[5] Dom Calmet. *Diarium Helveticum*, *Einsiedlen*, 1756, p. 6.

Les chartreux de Molsheim possédaient de beaux manuscrits et d'admirables vitraux. Les religieuses du couvent de Saint-Etienne, de Strasbourg, montraient le manteau de sainte Attale et des tapisseries représentant la vie de cette sainte personne et celle de la thaumaturge de Hohenbourg.

Le musée de Colmar montre avec orgueil les précieuses peintures tirées du couvent d'Issenheim. Tous ces chefs-d'œuvre, qui ornaient l'humble couvent, n'ont pas été retrouvés ; il en a été de même pour les manuscrits et les livres précieux des Johannites, de Strasbourg, dont Hermann n'a pas retrouvé les plus précieux.[1]

Un abbé d'Ebersmünster avait fondé un très beau cabinet d'histoire naturelle, bien augmenté depuis par le goût de ses moines.[2] L'église, bâtie dans le siècle dernier, offre le type complet du style architectural adopté par les Bénédictins de cette époque.[3] On y voit de belles fresques sauvées en partie par le conventionnel Bailly. La statue de la Vierge, en argent, les reliquaires, les meubles, la bibliothèque, avaient été transportés à Strasbourg, et l'abbé Rumpler, de très querelleuse mémoire, avait acheté la châsse vitrée renfermant la statue en bois du duc Adalric, coiffé à la romaine et habillé en étoffes de soie. Cette châsse orne maintenant une chapelle du mont Sainte-Odile.

D'après une lettre, adressée en 1752, de Munster à Dom Calmet, un M. Kleber avait une riche collection de minéraux, parmi lesquels brillait un morceau de mine d'argent rouge, unique pour sa richesse, sa grosseur et sa beauté, et dont on lui avait offert 600 livres. Parmi les lettres adressées à Dom Fangé, abbé de Senones, il en est une de M. Mathieu, amateur dont il va être parlé, datée de Sainte-Marie-aux-

[1] *Notices*, t. II, p. 380.

[2] *Notice manuscrite d'Hermann.*

[3] Saint-Avold, en Lorraine ; Saint-Quirin, dans les Evêchés ; Einsiedeln, en Suisse.

Mines, le 13 avril 1763, par laquelle cet amateur offrait d'échanger contre des tableaux ou des encadrements, tout ce qui se fait dans les mines : pilons, lavoirs, fonderies, etc., le tout en cristallisations et pétrifications. Un mois après, Mathieu se décidait à offrir gratuitement ce qu'il proposait avec d'autres choses qu'il avait achetées.[1]

Le pasteur de Müttersholz, Christophe Beysser, précédemment à Sainte-Marie-aux-Mines (1739-1778) et le procureur du roi au siége présidial de cette ville industrieuse, Mathieu des Essards, avaient formé une collection remarquable de cristaux et de cristallisations, tirés des mines du pays. Le dernier amateur entretenait une correspondance suivie avec l'abbé Nollet et le célèbre Buffon. Son cabinet alla se fondre plus tard dans celui du roi.[2]

A Strasbourg, M. Peyer avait une collection minéralogique formée bien avant 1772. On y voyait des coquilles et des minéraux très beaux tirés surtout du pays de Deux-Ponts.

A Mulhouse, le docteur Jean Hofer, mort en 1781, avait aussi collecté une belle suite de fossiles et d'insectes.[3] Il avait, à force de courses, réuni un bel herbier des plantes du Sundgau.

En 1772, parut à Strasbourg le *Museum Grauelanium sive collectionnes regni mineralis*, in-8°. C'était le catalogue des objets d'histoire naturelle possédés par le professeur de physique Jean-Philippe Grauel, médecin, mort en 1761, et enrichi par son fils, Frédéric, mort dix ans après. On y voyait des fossiles rangés dans un ordre très remarquable. Le tout fut emballé et envoyé à Paris. Le cabinet de physique des deux Grauel fut acheté par le professeur Schurer.

Un pharmacien de Mulhouse, Josué Risler, avait, comme

[1] L'Abbé Guillaume. *Documents inédits sur la Correspondance de Dom Calmet et de Dom Fangé.* Nancy, 1873, p. 14.

[2] Grandidier. *Histoire de la ville de Lièvre*, 1810, p. 78.

[3] Hermann.

son compatriote Hofer, collaboré aux *Acta Helvetica*. On voyait chez lui toutes les plantes des environs de sa ville natale. Un pasteur de cette ville, Spœrlin, avait également du goût pour les plantes et les antiquités. Il devint le beau-père du respectable fondateur de l'établissement de Rixheim, Zuber.

A Colmar, le directeur de la loterie Knoll, depuis conseiller de préfecture, grand amateur des arts, avait formé une collection de tableaux, acquis à Paris pendant la Révolution. Il avait une jolie copie de la *Belle Jardinière*, de Raphaël. Ce tableau appartient aujourd'hui au docteur Faudel.[1]

Malgré les souvenir douloureux que les collections Schœpflin et Silbermann éveillent, il est temps cependant de chercher à les faire revivre en essayant de donner une faible idée de ce qu'elles pouvaient être, lorsque, dans des temps meilleurs, le respectable professeur Jung en était le zélé conservateur.

Par un sentiment bien rare d'abnégation, l'historien Schœpflin avait, quelques années avant sa mort, arrivée en 1771, donné à sa ville adoptive sa bibliothèque et toutes ses curiosités. Un compte-rendu sommaire de ces richesses fait connaître qu'il possédait des monuments égyptiens, étrusques, grecs, romains, mérovingiens et du moyen-âge. On y voyait des dieux lares, des vases, souvenirs de son voyage en Italie, des médailles, des pierres gravées, des autels, des colonnes milliaires, des inscriptions, etc.[2] Mais ce qui rendait la collection Schœpflin bien précieuse, c'était le grand nombre d'objets qu'il avait réunis sur l'Alsace. Tout le monde était fier d'augmenter ses richesses locales. L'intendant Feydeau, MM. Gayot, de Dietrich, de Bock, de Löwenstein, les princes de Linange-Dabo, de Hesse-Darmstadt, le duc de

[1] *Revue d'Alsace*, 1856, p. 291.

[2] Il avait aussi une collection d'empreintes en soufre de la fabrique de M. Lippert.

Wurtemberg, le maréchal de Coigny, les évêques de Strasbourg et de Spire, les monastères, les ministres du culte lui envoyaient tous les monuments anciens trouvés sur leurs terres. Le professeur Oberlin a heureusement sauvé de l'oubli toutes ces raretés en publiant le premier volume du *Museum Schœpflini*,[1] Strasbourg, 1773, in-4°, comprenant les *Lapides, marmora, vasa* de la collection. Weiss a gravé les 17 planches qui accompagnent l'ouvrage, illustré en outre de gravures dans le texte. Les amateurs des antiquités de Niederbronn, Wasselonne, Reichshoffen, Brumath, Saint-Avold, etc., retrouveront là des choses perdues à jamais.

Schœpflin, dont le portrait fut peint par Heilmann, avait : 1° le *Manuscrit in-folio de Jacob Meyer*,[2] chroniqueur strasbourgeois, allant jusqu'au XVIe siècle, et augmenté considérablement par ses continuateurs ; 2° les portraits du roi de Hongrie, *Mathias Corwin*, de *Marie de Bourgogne*, fille de Charles-le-Téméraire, tué devant Nancy en 1477,[3] de son fils, *Philippe-le-Beau*, et de sa femme *Jeanne-la-Folle*, etc. Le savant historiographe avait, en outre, plusieurs cartons de gravures : 1° *Imagines civitatum, prœliorum et festivitatum*

[1] En 1740, on trouva, près de Verdun-sur-Meuse, un tombeau d'un chef franc avec ses armes et ses insignes. L'intendant de Creil envoya le tout à Schœpflin, et Oberlin décrivit la trouvaille dans le *Museum* (dessin XVI). D'après la science moderne, ce qu'il présente pour une couronne est la partie supérieure d'un seau, et le casque du chef franc ou mérovingien serait le milieu de son bouclier.

[2] Breu. *Catalogue d'ouvrages sur l'Alsace*, 1828.

[3] Les Strasbourgeois prirent une part glorieuse à cette bataille, comme alliés du duc de Lorraine. Ils rapportèrent, d'après Hermann, comme trophées la robe du duc de Bourgogne, huit drapeaux bourguignons et une corne d'urus *das gros mühe-geschrey*, servant de trompette et marquée des trois alérions lorrains. Où sont passées ces choses précieuses, titres de gloire d'un peuple ? D'après Schuler, quatorze drapeaux pris par les Strasbourgeois à la bataille de Nancy et dix-huit drapeaux conquis à Morat, étaient suspendus dans le chœur de la cathédrale. Ces trophées furent déplacés en 1551 par ordre du Magistrat.

Alsatiæ ; 2° *Imagines civitatis et templi argentinensis* ; 3° *Sammlung von abbildung einzemer Theile der stadt Strassburg* ; 4° *Iconismi oppidorum urbium et castrorum Alsatiæ. G. I. Meyeri. 1671*, etc.

Le musée de Saverne a heureusement les moulages de la *Cybèle* trouvée dans cette ville et du *Lepontius signifer*, de Strasbourg. Ce sont deux précieux souvenirs d'un musée bien célèbre.[1]

Les livres de la bibliothèque de Schœpflin étaient bien reconnaissables à leur *ex libris*, gravé assez grossièrement. Au milieu d'une rocaille, le blason, et sur la console EX BIBLIOTHECA SCHOEPFLIANA. Ce sont maintenant, s'il en existe encore, des vignettes bien précieuses par leur rareté.

La collection alsacienne du facteur d'orgues Jean-André Silbermann fut également détruite lors de l'incendie de la bibliothèque de Strasbourg. Moins riche, sous certains rapports, que celle de Schœpflin, elle l'emportait au point de vue alsatique. Donnée également à la ville, cette collection avait un médaillier très remarquable cité souvent par les chercheurs numismatiques alsaciens, des dessins, des livres, des notes sur l'Alsace, etc. Les cartons de gravures étaient au nombre de douze, dont dix sur l'Alsace et un sur la cathédrale. Dans un des premiers, il y avait quelques portraits anciens, entre autres, une gouache représentant le vieux préteur de Klinglin;[2] le cardinal de Lorraine, évêque

[1] D. FISCHER. *Le musée de Saverne*, 1872, n°s 48, 49. — *Notice sur le couvent de la congrégation N.D. de Saverne*, 1874.

[2] Grande perruque blonde, yeux vérons, teint coloré, robe noire. Friese raconte qu'en 1793, lors de la vente par la nation des meubles du général Klinglin émigré, dans son hôtel, faubourg de Pierre, les paysans d'Illkirch achetèrent le portrait du vieux préteur, pour conserver à leurs enfants les traits du tyran qui les avait rendus pauvres et malheureux.

Silbermann avait aussi copié, en un volume in-folio, les *collactanea*, de Spœcklin.

de Strasbourg, rond gravé en 1605, avec une vue de Strasbourg au verso.[1] Pour pendant, son compétiteur,[2] peint par Jacob von Heiden, à Strasbourg, gravé en 1604 par Jacob von Heiden fils; le maréchal Dibour (*sic*), le cardinal de Rohan, des pasteurs, des professeurs, etc.

Silbermann avait eu le bon esprit de donner la description de son cabinet dans le *Journal de Murr*, t. 8, p. 12, 1780. Ce collecteur passionné pour tout ce qui touchait sa chère province, demeurait au quartier Finckwiller, près le chantier Stuber. L'archiviste Grembs, dans ses *Memorabilia argentinensia* (1754-1763), fait le plus grand éloge de son aménité sociale, de sa probité et de l'estime que ses concitoyens avaient pour lui. Les qualités de son âme se reflètent sur son portrait, gravé par C. Guérin, d'après Daniche fils.

Le cabinet de M. le préteur d'Autigny (1770, démissionnaire en 1780) avait quelques rares pièces du règne minéral. « Il s'accroît de jour en jour, dit la notice manuscrite d'Hermann, et ne laissera pas d'être, avec le temps, un des plus dignes d'être vu. » En 1781, M. d'Autigny donna à la ville « le plan en bas-relief d'un bâtiment à faire à l'instar des vauxhalls anglais devant la porte des Juifs. » On n'exécuta jamais ce projet venu d'outre-mer, et les obus de la dernière guerre se sont chargés de détruire le modèle donné par le préteur. Toutes les semaines, M. d'Autigny réunissait dans son hôtel, en conférences scientifiques, les savants strasbourgeois. Grâce à lui et au maréchal de Contades, la ville fut éclairée par des lanternes. Retiré à Paris, il continua à correspondre avec ses doctes amis de Strasbourg. Le cabinet de mécanique de la ville de Strasbourg a été formé, d'après

[1] Berstett et Dom Calmet ont donné les médailles de ce prince de l'Eglise, dont le musée lorrain possède deux portraits, l'un ayant une barbe noire, l'autre blonde.

[2] Voir *Numismatique de Berstett*.

Graffenauer, à l'occasion de quelques pièces précieuses données par M. d'Autigny.[1]

« M. Dartein, Jean-Félix, commissaire général des fontes pour l'artillerie, a un cabinet peut-être unique en Europe, par l'assemblage exact des modèles en petit de tout ce qui est nécessaire pour faire la guerre. Rien n'y est oublié ; tout, jusqu'aux plus petits objets, s'y trouve réuni ; le grand soin qu'il s'est donné à les rassembler est parfaitement récompensé par l'admiration que mérite un cabinet aussi curieux.[2] »

Dartein, savant métallurgiste, est très estimé comme auteur d'ouvrages sur la fonte des canons.

Le docteur en médecine J.-R. Spielmann, professeur de chimie, doyen de l'Ecole de médecine, associé aux Académies de Nancy, de Paris, etc., avait commencé sa collection d'histoire naturelle bien avant 1752. Il avait des fossiles remarquables et des minéraux rares. L'ample correspondance qu'il entretenait avec tous les savants de l'Europe, l'avait mis à même de porter sa collection à un haut degré de perfection. Spielmann est de nos jours un peu oublié. S'il survit, c'est grâce au beau portrait que fit de lui, en 1781, deux ans avant sa mort, le peintre C. Guérin. Le docteur Spielmann se fit aussi représenter en silhouette en pied,[3] l'épée au côté, une fleur à la main. Outre sa collection d'objets d'histoire

[1] Le recueil manuscrit de ses dissertations se trouvait entre les mains de M. Le Barbier de Tinan, intendant militaire, son neveu.

[2] *Promenade d'un jeune didachophyle en Alsace, en Suisse.* Paris, 1786. Cité par M. A Stœber, *Curiosités de voyage en Alsace.* Colmar, 1874, p. 174.

[3] D'après la baronne d'Oberkirch, ce fut un artiste genevois nommé Huber, qui mit ces dessins à la mode. Ses portraits de Voltaire firent sa fortune. Il fut quelque temps à la petite cour de Montbéliard ; puis il alla dans toutes les cours de l'Europe. En fait de portraits alsaciens faits à la silhouette, on connaît ceux de Colmar, évêque de Mayence, d'Herrenschneider, d'Emmerich, du prince Louis de Hesse, de la famille d'Oberlin, etc.

naturelle, il possédait aussi une riche bibliothèque, vendue à sa mort, dont Jean Striedbeck a gravé la vignette avec ses armes parlantes.

Lorsque le naturaliste Buchoz fit exécuter à grands frais son bel atlas de fleurs et de plantes, Spielmann vint généreusement à son aide en faisant graver par Defehrt deux planches : le *Bois gentil* et la *Lauréole*. Les titres religieux et scientifiques se trouvent naturellement au bas de chaque planche. Il fit aussi peindre, par Hien, peintre originaire de Deux-Ponts, quelques oiseaux de sa riche collection.

Son fils, Jean-Jacques, professeur de pathologie à l'Académie protestante, mourut en 1810.

« Le baron de Dietrich fils, dit la notice manuscrite, commença avec une ardeur singulière, en 1770, un cabinet d'histoire naturelle ; il s'empressa de le mettre en ordre, lorsqu'il fut revenu de ses voyages dans les principales contrées de l'Europe. » En 1786, il fut nommé associé de l'Académie des sciences et inspecteur des forges et fonderies du royaume. Ses ouvrages sur la minéralogie de l'Alsace et de la Lorraine sont encore estimés. C. Guérin grava son portrait. Les traits de M. de Dietrich portent l'empreinte de la douceur de son âme. Mais les anxiétés fiévreuses de la politique devaient empoisonner les dernières années de son existence. Il termina ses jours à Paris..... sur l'échafaud. Elu maire constitutionnel de Strasbourg, il avait eu l'honneur de voir ses traits reproduits en 1790 par deux médailles, l'une frappée à Paris, l'autre à Strasbourg, par Kamm.

A la mort de Grandidier, tous ses manuscrits furent achetés par M. de Turkheim, ammeister de Strasbourg, qui se proposait de donner la suite de l'*Histoire d'Alsace*. Le frère de Grandidier, aumônier des hussards de Chamboran, l'aurait fortement aidé. Mais les événements ne permirent pas de réaliser ce projet.

Le cardinal-évêque de Strasbourg, le prince René-Louis

de Rohan IV, peut aussi être cité parmi les collectionneurs alsaciens. Son château de Saverne était une merveille, contre laquelle luttaient inutilement bien des palais de princes souverains. A la Révolution, beaucoup de meubles et de tableaux furent vendus par la nation. La bibliothèque nationale de Paris possède, par suite du don d'un M. Gama, un petit portrait en provenant. Cette peinture, attribuée à Mathias Grünenwald, représente un pasteur reformé du XVIe siècle et non le célèbre Jean Guttemberg.[1] Une curiosité disparut aussi dans ces temps néfastes : ce fut la Corne du château de Hoh-Barr. A-t-elle été brûlée avec les portraits de princes et de prélats sur la place publique, au milieu de laquelle la société populaire avait dressé un bûcher ?[2]

Le cardinal de Rohan, que son secrétaire, l'abbé Georgel,[3] nous représente comme ayant eu toujours du goût pour les sciences occultes et la botanique, fut, par suite de ses liaisons avec Cagliostro, entraîné dans des expériences qui, à la fin, lui coûtèrent l'honneur et la liberté. Il avait fait construire un cabinet de physique expérimentale avec sa table de marbre, destinée à la démonstration des diverses lois de la mécanique, et un cabinet d'histoire naturelle renfermant plusieurs objets curieux. Le Directoire du département du Bas-Rhin fit transférer toutes ces collections pour en enrichir celles de la ville de Strasbourg. Les splendides volumes de la bibliothèque, sur les plats desquels étaient frappées en or les armoiries cardinalices avec cette mention : EX BIBLIOTHECA TABERNENSI, suivirent le même chemin. Chose à remarquer : pendant que ces raretés disparaissaient de Saverne pour être plus tard la proie des flammes à Strasbourg, les démocrates du lieu achetaient pour leur club, les tables, chaises, bancs et autres meubles tirés des bâtiments du Commun.

[1] *Magasin pittoresque.*
[2] D. FISCHER. *Notice sur le château de Saverne.*
[3] *Mémoires.* Paris, 1820, t. II, p. 48.

En 1799, le cabinet du professeur de physique Louis Schurer,[1] de Strasbourg, mort en 1792, fut acheté par l'Ecole centrale du département de la Roër, et transféré à Cologne. Schurer s'occupait particulièrement de l'électricité. La collection d'instruments de physique et de mathématiques d'un de ses derniers élèves, le respectable professeur Herrenschneider, décédé en 1843, à l'âge de 82 ans, fut léguée au séminaire protestant de Strasbourg.

Un des plus ardents collectionneurs de tout ce qui avait rapport à l'histoire naturelle et à toutes ses branches, fut le professeur à l'Ecole de médecine Jean Hermann, né à Barr[2] en 1738, correspondant de l'Institut. Il avait acquis à très haut prix les modèles en cire faits par Joseph Poli, et d'après lesquels ont été dessinés et coloriés les animaux qui habitent les coquilles, et qui sont représentés dans le précieux ouvrage de ce savant. A la mort d'Hermann, le cabinet du Jardin des Plantes de Paris acheta ces modèles. Voici ce qu'il dit lui-même de sa collection :[3]

« *Le cabinet de M. Hermann, docteur en médecine et en histoire naturelle.* — Comme M. Hermann donne des cours publics et particuliers d'histoire naturelle, il s'est étendu également sur toutes les parties de cette dernière science, et il se pique plutôt de pouvoir donner une idée nette des productions de la nature en tout genre que d'en posséder les plus rares et les plus brillants. Sa collection, commencée en 1762, consiste en préparations anatomiques, quadrupèdes et oiseaux empaillés, poissons qu'il prépare d'une façon qui lui est propre, insectes, coquilles, plantes marines, herbiers, minéraux, etc. » (Il y avait près de 160 espèces de mammi-

[1] Wachsmuth a dessiné, pour sa bibliothèque, un charmant *ex-libris*.
[2] C. Guérin a gravé son portrait.
[3] *Catalogue Heitz*.

fères.) « Les curieux sont surtout satisfaits de la propreté et de l'ordre lumineux qui règne dans ce cabinet.

« L'habile possesseur a tout lieu d'être jaloux, notamment de la netteté avec laquelle il a conservé les insectes indigènes du pays, dont il a une très ample suite et de magnifiques échantillons de plantes sèches, dont le nombre monte à plus de 4,000; le tout est étiqueté, selon le système du célèbre Lynnæus, excepté le règne minéral.

« Un grand nombre d'objets préparés pour le microscope, choisis dans ce qu'il paraît de plus piquant pour cet effet dans les trois règnes, et accompagné d'un index bien réglé, ne peut qu'ajouter au mérite de cette collection. »

Hermann recueillait aussi les pièces sur l'histoire locale; il avait deux feuillets représentant les caractères que l'on trouvait chez l'imprimeur Dolhopf, en 1673. Sur l'une de ces feuilles étaient des caractères allemands; sur l'autre des caractères grecs, latins, hébraïques, rabiniques, syriaques et arabes.

Un jeune soldat strasbourgeois avait donné au professeur le seul oiseau qui restait de la superbe collection d'oiseaux du Carsberg, où le duc de Deux-Ponts avait transporté le cabinet du docteur Mauduyt, de Paris. Citons encore de la collection Hermann, un loup colossal, tué en 1799, d'un coup de hache, par un paysan, dans la forêt de Haguenau, où il passait pour un loup-garou. Des personnes croyaient voir, sous la forme de cet animal, un brigand du pays puni de la peine de mort pour ses crimes.[1] En 1813, M de Gimbernat

[1] Jouy. *L'Hermite en province*, t. XI, p. 117. Bottin. *Annuaire du Bas-Rhin, an IX*.

D'après une note d'Hermann, ce brigand serait Euloge Schneider. D'autres disaient que c'étaient G. Schwob et H. Herrwig, de Haguenau, exécutés à Strasbourg pour vols à main armée sur les routes. On voyait encore dans le cabinet Hermann deux manchots des mers australes et d'autres objets très rares, don du naturaliste Fœrster, le compagnon du

tira de la gélatine d'un morceau d'un os de baleine que l'on voyait à Strasbourg depuis plus de trois siècles, et qui était passé dans le cabinet Hermann. Deux peintres strasbourgeois, Haldenwangen (1780) et Hans, furent souvent employés à dessiner les animaux les plus curieux qu'Hermann destinait à l'ouvrage de Schreber.

Ce professeur a publié un ouvrage qui intéresse fort les bibliophiles : c'est un traité très curieux sur les mites qui rongent les livres. Ce travail fut jugé digne d'un prix en 1773, par l'Université de Göttingue. L'avant-dernier bibliothécaire de la ville de Strasbourg, M. A. Schweighæuser, avait acquis pour la bibliothèque un recueil manuscrit de lettres d'Hermann. En parcourant cette curieuse correspondance du Linné du Rhin, on voit que le gouvernement républicain lui était devenu odieux, à la suite des excès commis dans Strasbourg, et surtout depuis la mort de son fils. Cette haine des nouveaux principes était un des griefs que lui reprochait le nouveau directeur de l'Ecole de médecine Noël, qui ne pouvait supporter, ainsi que ses collègues venus de l'intérieur, le surnom d'*étrangers* que leur donnaient les anciens professeurs de l'Université.[1]

Le médecin Thomas Lauth a publié la vie de son ami Hermann, qui mourut le 4 octobre 1800, des suites d'un

capitaine Cook ; le desman de Russie envoyé par Pallas. Deux missionnaires dans les Indes, les révérends John et Bottler, avaient donné deux roussettes, une grande musaraigne et divers oiseaux, le mérion de l'Inde, etc. Les publications de Gœrtner sur les fruits, et d'Esper sur les zoophytes, renferment beaucoup de dessins dont les originaux sont encore dans les galeries de Strasbourg. Le poisson le plus curieux de la collection était le *Sternoptyx diaphane*. Au mois de nivôse an XIII, l'inventaire officiel du cabinet Hermann porte, entre autres, 200 mammifères empaillés et montés, 900 oiseaux, 200 poissons, des racines, des semences, des bois sciés et polis, etc.

[1] Déjà à cette époque, les professeurs français, pour faire cesser une situation intolérable, avaient demandé le transfert à Nancy de l'Ecole de médecine. (Voir les factums de Noël, d'Ehrmann, de Lobstein, etc.)

refroidissement, après une excursion botanique dans les environs de Haguenau. Cuvier a écrit son article dans la *Biographie universelle*, et trente et un ans après, le professeur Lereboullet, en parlant du buste d'Hermann, qui se voit dans le Museum, dont il était le gardien, lui a payé un nouveau tribut d'éloges.[1] Il semble encore, comme il le fit trois jours avant sa mort, veiller aux soins que comporte une collection: *Tertio ante mortem die*, dit Lauth, *varia quæ musæum spectant, spectavit : monuit examinanda esse quadrupeda, aves, aliaque ne insectis infestentur, designavit specimina clibano committenda, quo destruatur qui forte irrepserat dermester fur.... Pridie mortis libellos nonnulos, quos modo acceperat fugitivo oculo lustravit, et quædam notavit...*[2]

La ville de Strasbourg, voulant profiter de la loi du 11 floréal an X, portant qu'il serait établi trois Ecoles d'histoire naturelle, sollicita et obtint l'autorisation d'acheter, pour la somme de 40,000 francs, le cabinet Hermann, considérablement enrichi par les soins de son gendre, le professeur Hammer, de Colmar, qui en fut nommé le conservateur. Cette acquisition était, pour les héritiers, une faible indemnité des quarante années passées et de l'argent dépensé par leur père à augmenter ses collections.

Hermann possédait en outre une bibliothèque de plus de 10,000 volumes. Sa maison canoniale de Saint-Thomas était occupée, il y a une dizaine d'années, par feu le professeur Jung. Toutes les personnes qui ont fréquenté la bibliothèque de Strasbourg, ont conservé de cet excellent bibliothécaire le plus agréable souvenir de son extrême complaisance et de son inépuisable érudition. Il était une véritable encyclopédie

[1] *Annuaire du Bas-Rhin*. 1833, p. 383.

[2] *Vitam J. Hermann, scripsit T. Lauth. Argent. X* (1801, p. 57.)

Piton, ordinairement très exact et très impartial, assure que la collection Hermann, peu importante à son origine, s'accrut par un grand nombre de dons. Son gendre était un bon minéralogiste.

vivante pour les chercheurs de passage à Strasbourg. Comme le professeur Hermann, il est mort regretté de tous, au milieu de ses livres chéris.

Frédéric-Louis Ehrmann, né à Strasbourg en 1741, mort en 1799, fut professeur à l'Université, puis à l'Ecole centrale. Il était membre de plusieurs Sociétés savantes et de la Société philharmonique du régiment de Metz (artillerie), association fondée en 1785, avec l'approbation de Mesmer, et qui fut dispersée à la Révolution [1] Toute la fortune et tout le travail du professeur s'étaient fondus dans son beau cabinet de physique, un des plus complets de France. Chaque partie de cette science y avait sa place. Ehrmann avait trouvé dans sa femme, une compagne dévouée et une élève assidue pour l'aider dans ses expériences. Il était physicien de la ville, et demeurait rue de la Dentelle.

La création du musée des Unterlinden à Colmar, œuvre patriotique s'il en fut, nous permet de citer les noms de quelques braves citoyens qui, malgré les lois sévères du temps, crurent devoir cacher et sauver des objets d'art un peu trop aristocratiques. Le premier de ces courageux collectionneurs est l'avocat Raspieler, une des lumières de l'ancien barreau alsacien, qui avait caché dans sa cave, pendant la Terreur, ce joli groupe en biscuit de porcelaine représentant une allégorie ayant trait au mariage du dauphin et de Marie-Antoinette, groupe unique attribué avec beaucoup de vraisemblance à Lemire, sculpteur attaché à la faïencerie de Niederwiller, près Sarrebourg, usine dont M. de Beyerlé, alors directeur de la Monnaie de Strasbourg, était propriétaire, et qui appartint ensuite au général Custine qui habita longtemps Strasbourg; ce groupe est un des ornements du musée Schöngauer.[2]

[1] Voir sur cette Société les *Mémoires de la baronne d'Oberkirch* et le n° 2442 du *Catalogue Heitz*.

[2] *Catalogue du musée*, 1866, p. 115. A. Tkinturier, *Anciennes industries d'Alsace et de Lorraine*, (*Bibliographie alsacienne*, t. IV, p. 138).

Le docteur Morel[1], bien avant la Révolution, était en correspondance avec Oberlin pour lui signaler les trouvailles des environs, et principalement celles de l'antique *Olino* (Œdenberg), aujourd'hui de la commune de Biesheim; il avait réuni des vases, des briques, dont deux marqués >. S. L. XXI, des médailles, et enfin le beau bas-relief du Gaulois luttant. Dès 1778 il en avait envoyé le dessin à Oberlin, qui ne le fit paraître dans son *Almanach d'Alsace* qu'en 1789. Le fils du docteur Morel, maire de Colmar, l'a donné au même musée.

Le musée Schöngauer a encore un souvenir de M. Marquaire, homme de loi à Colmar. C'est une tête monstrueuse tenant à la bouche un gland, et qui paraît provenir de quelque édifice de l'époque romane. Le légiste Marquaire et le chroniqueur colmarien Billing[2] avaient été chargés avec le peintre Casimir, de décrire en l'an II les beaux vases de Ribeauvillé. C'est peut-être grâce à eux que l'on peut admirer encore ces ouvrages d'orfèvrerie d'une époque éloignée. En 1782, Billing avait recueilli un bas-relief représentant une femme assise sur un siége carré, et à laquelle deux génies offrent des raisins; ses héritiers ont déposé cette sculpture au musée colmarien. Sigismond Billing mourut en 1796; Wachsmuth, décédé professeur de dessin à l'Ecole Saint-Cyr, a lithographié son portrait d'après un dessin fait de mémoire par Casimir.

Une des plus remarquables galeries de tableaux de province était celle du négociant Mayno, dont la *Revue d'Alsace*[3] a publié dernièrement une intéressante notice. Mayno avait au plus haut degré le goût des arts, et ce qui reste de sa

[1] La lithographie du docteur Morel a paru d'après un portrait de Weinzorn.

[2] Schœpflin-Ravenez, t. III, p. 157. M. Rathgeber vient de publier sa *Chronique de Colmar*.

[3] E. Barth, *Mayno*, notice avec portrait, 1874.

belle collection excite encore des cris d'admiration. L'école hollandaise flamande était représentée par deux paysages de Teniers; une *Tabagie* par le père de ce peintre, un portrait par Van Dyck, un petit tableau sur bois par Rembrandt, une tête de vieillard. Guerchin, André del Sarto, André Sacchi et d'autres tenaient le haut bout de l'école italienne. Largillère et deux grandes batailles du Bourguignon brillaient dans l'école française. Les petits maîtres alsaciens étaient au grand complet : Heimlich, Melling, Loutherbourg, l'émailliste Weyler, etc. Mayno avait fait faire par Melling un grand tableau allégorique sur la Révolution, et il l'avait donné à la ville. Cette peinture disparut un jour sans que jamais on ait su où elle était passée.

Longtemps Mayno crut avoir un Corrège authentique, *Vénus désarmant l'Amour*, mais ce n'était qu'une fort bonne copie gravée par C. Guérin en 1789 (hauteur $0^{m},59$, largeur $0^{m},39$).[1]

La collection fut partagée entre ses héritiers, MM. Barrois et Joseph Arrois, négociant. Celui-ci eut plus tard plus de deux cents tableaux. (Le Guide, Guerchin, A. Sacchi, Trevisano, C. Lorrain, Lebrun, Lemoine, Vien, Jordaens, Bourguignon, Van Dyck, D. Teniers, Van Berghem, Wouvermans, Ruysdaël, Breughel, Van Heyden, A. Dürer, Meyer, Loutherbourg, Melling, Weyler, Heimlich, etc.) Le Claude Lorrain était un paysage avec figures. Les autres toiles remarquables étaient la *Tabagie* par Teniers père, un *Grand-Prêtre* par Lesueur, deux esquisses de Rubens et une de Paul Véronèse; deux beaux émaux peints avec beaucoup de feu par Weyler, représentant *B. Francklin* et sa première femme, née *Cadet-Gassicourt*,[2] un Terburg, un paysage d'Obéma, une

[1] Il y en a des épreuves avant la lettre.

[2] Cabinet Mayno, *Annuaire de 1806*. La collection Arrois fut vendue en 1836.

bataille et un paysage de Bergheim, un paysage de Rembrand.

M. Barrois, directeur de l'enregistrement à Strasbourg, fut aussi un amateur d'antiquités; il avait plusieurs beaux bronzes antiques, entre autres un Mercure trouvé à Ell. Comme neveu de Mayno, il avait eu sa part dans les tableaux cités plus haut.

Un autre neveu strasbourgeois, M. Simonis, eut la copie du Corrège. M. Philippe Burty, rendant compte dans la *Gazette des beaux-arts* du 1er avril 1864 de sa visite dans la galerie de cet amateur, signale deux statuettes d'enfant par Pigalle, un magnifique site de montagne signé A. V. EVERDINGEN; la *Vierge* de Carlo Dulci; deux *Hondekœter;* deux compositions flamandes, *l'Automne* et *l'Eté; Un butor culbuté par un chien barbet* par Oudry (Salon de 1725); une nature morte par Van Es; sur une cheminée, deux admirables brûle-parfums Louis XVI en marbre de Sienne, forme de trépied, montés en cuivre, etc.

« Dans un quartier tranquille, dans une rue solitaire, est une maison modeste et commode. Plusieurs cabinets éclairés d'un demi-jour, qui invite à la méditation, ont leurs murs couverts de livres utiles, tous à la portée de la main, parce qu'on les consulte tous et souvent; dans les intervalles, quelques-unes de ces pancartes ou tableaux qui facilitent les recherches, les portraits d'Erasme, de Juste Lipse, de Schœpflin. C'est un sanctuaire où l'on n'entre pas sans une impression de respect; on vient y rendre un juste hommage au savant Oberlin.[1] » Ce digne élève de Schœpflin recevait de tous les

[1] CAMUS, *Voyage dans les départements nouvellement réunis*, cité par A. Stœber. En 1788, Oberlin demeurait près des Petits-Capucins. Son *ex libris* consiste dans sa signature, reproduite par la gravure. Il se levait, hiver comme été, dès 4 heures du matin. En hiver, il allumait lui-même son feu, arrangeait sa lampe et se mettait immédiatement à l'étude (Dibdin).

côtés, comme son maître, des témoignages d'affection et de reconnaissance. Sachant son goût pour les choses rares, le prince de Metternich, qui venait de quitter l'Université, lui envoyait la médaille du couronnement du dernier empereur d'Allemagne de la maison d'Autriche. Le poète Pfeffel entretenait l'érudit des découvertes faites dans les environs de sa ville natale. En 1785, il lui soumettait un petit cachet antique. Mais la Révolution vint empêcher pour quelque temps ces paisibles liaisons, et Oberlin, puisant dans son amour des arts le courage civil, ne craignit pas de dénoncer, au péril de sa vie, les excès qu'une tourbe infâme avait commis dans Strasbourg. Grégoire les flétrit pour toujours dans ses fameuses lettres sur le vandalisme révolutionnaire.[1] Mais le mal était fait. Oberlin, échappé au torrent révolutionnaire, style du temps, accepta une chaire de bibliographie à l'Ecole centrale; peu de temps après, il était nommé correspondant de l'Institut. Le savant professeur, dont la vie a été retracée par Schweighæuser et Winckler, eut à ranger, comme bibliothécaire de la ville, les immenses amas de livres venus de tous les coins des départements, soit des châteaux, soit des monastères. Par son énergie, il fit réintégrer à la bibliothèque un manuscrit précieux, dont l'Europe savante déplorera toujours la perte. On me permettra de dire quelques mots des pérégrinations de l'*Hortus deliciarum* pendant la Révolution.

Ce manuscrit, œuvre de l'abbesse de Hohenbourg, Herrade de Landsperg, après la dispersion des sœurs de Sainte-Odile,

[1] G. Wedekind a aussi écrit en l'an III à Grégoire pour lui signaler les nombreuses destructions d'objets d'art à Strasbourg (écrit en allemand). Voir aussi les articles de J. Lamoureux sur ce sujet dans le *Bulletin du Bibliophile* et le catalogue des autographes de cet amateur nancéien. La brochure de Wedekind a paru à Strasbourg chez Treuttel et Wurtz, *Jacobiner-Strasse*, n° 15, 16 pages. Heitz possédait le portrait original au crayon noir par Ch. Schuler du savant Oberlin. Il a été reproduit par la gravure. Sa série de chartes allemandes et françaises et sa correspondance furent achetées par la Bibliothèque royale.

fut recueilli par les évêques de Strasbourg dans leur château de Saverne, et l'un d'eux, le cardinal de Lorraine, le communiqua en 1600 au savant jésuite hollandais, Pierre Busée, qui en parle dans son édition de Pierre de Blois, imprimée à Mayence cette année.[1] Les chartreux de Molsheim possédèrent ensuite l'*Hortus;* ils ne le montraient à personne. En 1790, la bibliothèque du district vint s'en emparer, et peu après l'abbé Rumpler, de très querelleuse mémoire, le fit rendre, en souvenir de l'abbesse Herrade, à un M. de Landsperg, dont les parents réclamaient depuis plus d'un siècle ce souvenir de famille. Enfin, il fut réintégré quelques mois après au dépôt public des livres à Strasbourg. « Echappé récemment, écrit en 1861 l'auteur des *Lettres sur les archives départementales du Bas-Rhin*, à une catastrophe imminente, et réservé, Dieu seul le sait, à quelles destinées encore.....[2] » Paroles tristement prophétiques : l'*Hortus deliciarum* n'existe plus.....

L'abbé Rumpler, pendant le peu de temps que le manuscrit d'Herrade fut entre ses mains, crut devoir faire acte de propriété en y inscrivant quelques élucubrations de sa façon. Il écrivit en grosses lettres sur le titre refait à la moderne :

Opera F. Ludovici Rumpler Can. Varsoviæ familiæ Landsperg restitutus anno 1794.

Puis, lorsque les membres du Directoire l'eurent forcé à une juste restitution, il ne dissimula pas son dépit; il s'exécuta. Mais il eut soin de faire une nouvelle réclame, en écrivant à la dérobée sur le verso du feuillet 350 les lignes suivantes :

AD. REI MEMORIAM.

Apostrophe à la postérité.

Je suis fâché de me voir dans le cas de vous apprendre, mes chers concitoyens de la génération future, que ce manuscrit, restitué à Charles de

[1] Ch. Gérard.

[2] M. L. Spach veut sans doute parler de l'incendie du Gymnase, dont les bâtiments touchent la Bibliothèque.

Landsperg en novembre dernier par le Directoire du district jacobin, lui a été repris trois mois après par l'administration des patriotes de 1789, afin qu'il ne soit pas dit que des Jacobins ont fait un acte de justice en leur vie.

Strasbourg, ce 18 février 1795.

RUMPLER, mandataire de C. Landsperg,
qui proteste contre cette violence.

Engelhard, Dibdin, Viollet-le-Duc[1], ont reproduit quelques dessins de l'*Hortus deliciarum*.

Sur ses vieux jours, Rumpler vint habiter le mont Saint-Odile qu'il avait acheté; il fut bientôt en butte aux tracasseries de ses voisins, et il ne cessa de plaider que lorsque ses forces furent entièrement éteintes. Sur un exemplaire des *Pensées de Cicéron* par l'abbé d'Olivet, 1746, il écrivit en peu de mots une espèce d'autobiographie, qui témoigne d'une certaine fermeté d'âme :[2]

L. Rumpler, juriste en 1750,

écrit en 1804 { *Caeles en* 1800, *Caecus en* 1803, *Defunctus en* 1804.

DIX-NEUVIÈME SIÈCLE.

M. Bogner, place d'Armes à Strasbourg, possédait une belle collection de minéraux, de pétrifications, de coquillages, etc.; son fils et un de ses amis l'aidaient dans les soins à donner à sa collection.

M. Petersen, professeur d'un cours de physique à l'usage des dames, avait aussi un beau cabinet de physique expéri-

[1] *Dictionnaire du Mobilier français*, t. III; Paris, 1869.

[2] On possède plusieurs portraits de l'abbé; c'est bien une tête de « momie judaïque ». Des vers élogieux se lisent au bas de chacun. J. Striedbeck a gravé son *ex libris*.

mentale, collection choisie de machines, d'instruments, d'appareils, etc. Je n'ai pu me procurer des renseignements sur ce professeur, qui devançait de plus d'un demi-siècle les cours libres à l'usage des jeunes filles. En 1804, M. Petersen lut à la Société des arts et des sciences un travail sur le galvanisme.

Les docteurs Rœderer et Daniel Lobstein, au Broglie, avaient l'un un beau cabinet d'instruments d'accouchement, l'autre un de bandages.[1] Ces deux collections passèrent à l'Etranger.

Le professeur Thomas Lauth laissa à la Faculté de médecine sa belle collection de préparations anatomiques et pathologiques.[2]

A Colmar, M. Bartholdi avait aussi un intéressant cabinet de physique.

M. Sébastien de Schauenbourg fils, enlevé en 1813 trop tôt aux sciences et à ses amis par une mort violente et subite, avait dans son château d'Herlisheim un herbier très précieux contenant presque toutes les plantes de l'Alsace. Il avait été l'élève d'Hermann, et il donna dans l'*Annuaire de l'an XIII* la liste des plantes les plus rares du Haut-Rhin.[3] Le professeur Kirschleger estimait fort ce travail.[4]

Dès le XVIIe siècle, Tragus et Tabermontanus avaient décrit dans des ouvrages volumineux les plantes qu'ils avaient connues en Alsace. Puis vint le docteur Mappus, dont il existe un beau portrait gravé. Son *Historia plantarum* fut publié en 1742 par Ehrmann. Le docteur Lindern, de Strasbourg,

[1] Et autres machines servant au soulagement de l'humanité souffrante. (Graffenauer).

[2] Graffenauer.

[3] Selon lui, les cerfs, pendant la Révolution, disparurent de l'Alsace et se réfugièrent dans la vallée de Saint-Amarin, dans les îles du Rhin et dans la principauté de Porrentruy, où on en voyait encore en 1805.

[4] Liste des plantes les moins connues dans Aufschlager.

auteur de l'*Hortus botanicus*, a été immortalisé par une plante alsacienne, le *Linderni Pyxideria Allion.*[1]

Le manuscrit de Schauenbourg sur les plantes passa entre les mains du digne professeur Nestler, pharmacien en chef de l'hospice civil de Strasbourg, qui commençait alors à fonder sa réputation en publiant avec le docteur Mougeot de Bruyères les *Centuries des cryptogames de l'Alsace et des Vosges*. Nestler avait aussi les manuscrits sur la botanique laissés par Hermann. Ce dernier avait formé une foule de jeunes botanistes, dont nous ne devons pas taire les noms les plus connus : Oberlin[2], fils du vénérable pasteur du Ban de la Roche; le pasteur Stoltz[3], gouverneur à la fin du XVIIIe siècle dans une famille du Haut-Rhin. Les docteurs Gochnat, mort trop jeune, Frédéric Kirschleger, dont le nom est bien connu des botanistes alsaciens, représentaient la nouvelle école sous les ordres de Nestler.

Jean-Marcel Cadet[4], né à Metz en 1751, était, au commencement de ce siècle, directeur des contributions directes à

[1] Citons encore le médecin en chef de Belfort, M. Carlhan, mort en 1776, botaniste distingué, et le respectable docteur Sultzer, de Barr, dont la *Revue d'Alsace* a donné la biographie, dont « les plantes et les livres sont le seul luxe » Ceux-ci, couverts d'annotations précieuses, ont été au pilon. Mange, inspecteur général des hôpitaux d'Alsace, avait réuni des notes sur l'histoire naturelle de cette province. Vers 1789, son neveu, Benoît-Duvernin, médecin à Castres, avait en sa possession les deux volumes manuscrits in-folio, fruit de ses observations.

[2] Il avait commencé par étudier la médecine, puis il devint pasteur-adjoint de son père. Il a travaillé la chorographie du Ban de la Roche et des environs.

[3] Stoltz parcourut toute l'Alsace; il rapporta de ses excursions une foule de plantes rares; il a publié un catalogue des plantes de l'Alsace. Le docteur Buchholz s'est occupé des plantes du pays de Wissembourg et M. Ordinaire de celles des environs de Belfort. (*Statistique du département du Haut-Rhin*, Mulhouse, 1831, in-4°)

[4] V. Bégin, *Biographie de la Moselle*, 1829, t. I. p. 221. — Farges-Méricourt, *Annuaire du Bas-Rhin*, 1806. — Cadet-Gassicourt, *Voyage*

Strasbourg. Littérateur et minéralogiste, il joignait à des lumières très étendues la plus belle âme; tendrement aimé de sa fille unique, il était respecté de tous ceux qui le connaissaient. Un long séjour en Corse, où il avait connu le général Paoli et la famille Bonaparte, lui avait donné l'idée de faire un plan en relief de cette île remarquable, avec la disposition des divers terrains. Ce travail serait d'un grand secours pour la minéralogie de ce pays, le relief étant formé avec les matières mêmes du sol. En 1806, la collection de M. Cadet n'était plus que l'ombre de ce qu'elle avait été. Elle présentait cependant des restes curieux d'une collection brûlée avec beaucoup de ses livres pendant la période révolutionnaire. M. Fargès-Mericourt y a encore trouvé une tête humaine avec un seul œil; une grosse pyrite cubique martiale en décomposition, et dont il croyait pouvoir tirer d'importantes conséquences; quelques jaspes de Corse; un manuscrit de Didier, l'habile fondeur de la statue du prince Charles de Lorraine à Bruxelles, concernant la manière de fondre le bronze avec des dessins. Enfin la perle de sa collection était son grand rouleau de papyrus égyptien, long de 11 mètres 6 décimètres, qu'il avait eu la patience de coller sur toile, de copier et d'expliquer; la hauteur était de 21 centimètres.

M. Cadet, qui demeurait place d'Armes n° 35, était secrétaire de la Société des arts et sciences du Bas-Rhin; il se livra à de bonnes recherches sur la mécanique céleste, la minéralogie, l'île de Corse et sur les secousses des tremblements de terre. L'histoire fabuleuse par suite de la possession de son papyrus, avait été aussi l'objet de ses études. Cadet-Gassicourt le jugeait tout à fait digne d'être de la 3e classe de l'Institut.

en Allemagne, Paris, 1819. — CAMUS, *Voyage dans les nouveaux départements*. — A. SCHREIBER, *Guide du voyageur sur le Rhin*, 1822, p. 61.

En 1806, le cabinet de M. Pasquay[1] était un des ornements de sa maison de campagne située à l'extrémité de la promenade du Contades. Il était riche en minéraux, métaux et cristaux, et il faisait l'admiration des connaisseurs tant par la richesse des pièces que par l'ordre avec lequel elles étaient disposées.

Le cabinet de M. Pasquay fut acheté par M. Mathieu, banquier[2]; « Le 6 avril 1809, dit Cadet-Gassicourt[3], on m'a fait voir ce cabinet de minéralogie: j'y ai remarqué de belles roches composées, de beaux échantillons, des minéraux nouvellement découverts, tels que le chrôme, le tellure, le tungstène, le molybdène, etc., des feldspaths magnifiques, et une pépite d'or d'un volume considérable. »

En 1869, à la vente du restant de la bibliothèque de l'helléniste Brunck, outre de beaux et bons livres, il y avait quelques tableaux qui furent tirés sans doute avec d'autres du château de Dachstein pour subir le feu des enchères, mais qui n'appartenaient pas à ce savant. Citons parmi ces toiles un beau portrait aux trois crayons du préfet Lezay-Marnesia. Guérin l'a supérieurement reproduit par la gravure; Mme de Lezay-Marnesia, en costume du premier Empire, en était le pendant. Ce pastel était dû à un amateur de Strasbourg nommé Cousin. Mme de Lezay-Marnesia, née de Canisy, avait épousé en premières noces M. de Briqueville. On remarquait encore un portrait de Cagliostro, épave du château de

[1] M. Pasquay, ex-officier municipal à Strasbourg, avait deux *ex libris*, l'un représentant des ouvriers travaillant dans des mines, l'autre son blason. Il avait d'importantes fabriques à Wasselonne.

[2] Farges-Méricourt, *Annuaire du Bas-Rhin*, 1806, p 147-153. — Graffenauer, *Topographie de Strasbourg*, 1816, p. 294.

[3] *Voyage en Allemagne*, Paris, 1819, p. 13. Admis au Casino, le pharmacien de l'empereur y vit beaucoup de gens de mérite, hellénistes, antiquaires, minéralogistes, bibliographes. On fait grand cas de l'érudition à Strasbourg, observe-t-il.

Saverne, et trois tableaux par Mlle Daniche, qui peignit à Strasbourg, sous l'Empire, de si charmants portraits d'enfants. Ces toiles représentaient des jeunes filles avec des lapins, un chien, un mouton.

Les volumes de Brunck sont reconnaissables à leur belle et bonne reliure, et à l'*ex libris* armorié gravé par J. Striedbeck. Brunck, né à Strasbourg en 1729, y mourut en 1802. Ses éditions d'auteurs grecs et latins sont très estimées.[1]

M. Mathieu Faviers, inspecteur aux revues des armées de Moreau et de l'empereur, avait formé une collection de tableaux, parmi lesquels brillaient deux Salvator Rosa, des Teniers, un tableau de l'école de Van Dyck, et de bonnes toiles de l'école espagnole. Plus tard, il en transporta beaucoup à Paris, entre autres le jeune Tobie guidé par l'ange d'après Raphaël, et gravé en 1812 par C. Guérin. Il laissa cependant à Strasbourg un beau Murillo, un paysage de Tempesta et un saint Jérôme par un peintre inconnu. *L'Alsace noble* a reproduit les traits du baron Mathieu-Faviers.

Quelques tableaux et deux paysages par Teniers se voyaient chez M. Charles Rins.

M. Schœnlaub possédait le portrait de l'empereur Maximilien peint en 1506 et envoyé dans le temps au commandeur de l'ordre de Saint-Jean à Strasbourg, qui l'avait hébergé avec sa suite.

M. Bouvet, membre du directoire des hôpitaux militaires, avait collecté de beaux tableaux et de bonnes gravures. Il avait deux Philippe de Champagne et plusieurs maîtres flamands et français.

Le chirurgien-dentiste Laforgue, pensionnaire du roi, demeurant place d'Armes, n° 5, était un collectionneur pas-

[1] Ch. Mehl, *La Bibliothèque de R. Brunck*, Strasbourg, 1870. Tous les livres ne provenaient pas de Brunck.

sionné; il avait un médaillier de plus de 2,000 pièces, tant anciennes que modernes, toutes d'une belle conservation et quelques-unes très rares; quelques tableaux et des cartons de gravures d'Edelinck, de Drevet, d'Audran, de Wille et de tous les maîtres connus. Laforgue fils, dentiste comme son père, était comme comique accompli l'un des amateurs les plus aimés du théâtre français de Bienfaisance (1798-1799). Les amateurs et curieux étaient toujours sûrs de trouver quelque chose à acheter ou à brocanter chez Lalorgue[1] père, dont Beyer a lithographié le portrait.

La destruction de cinq tableaux et de plus de cent cinquante dessins de Benjamin Zix, l'artiste strasbourgeois par excellence, qu'avait réunis avec tant de peine pour le musée de Strasbourg son dévoué conservateur Egmont Massé, nous engage à citer très sommairement les amateurs de son œuvre. Benjamin Zix, à qui l'on doit les dessins de trois bas-reliefs de la colonne Vendôme, fut tour à tour volontaire à l'armée du Rhin, dessinateur, graveur attaché au grand quartier général de l'empereur. Vivant Denon, bon juge en fait d'art, l'estimait beaucoup. Il mourut en 1811, dans la force de l'âge, à Pérouse; il dessinait alors les champs de bataille d'Italie.

L'admirable esquisse de la bataille d'Eylau, qui a inspiré le baron Gros pour son tableau, était chez son neveu M. Ch. Bœrsch, rue des Tonneliers, à Strasbourg. F. Schuler, architecte, son ami d'enfance, avait soixante-douze compositions pour les *Métamorphoses d'Ovide*, datant du commencement

[1] Strasbourg avait alors deux marchands de tableaux, qui se mêlaient en même temps des réparations : Fuchs, quai des Pêcheurs, et Langer, quai des Bateliers. On trouvait quelquefois de bonnes toiles chez eux. Le dernier avait acheté de la ville quatorze grands tableaux allégoriques ; il les nettoya et en publia la description. Il en croyait trois d'Albert Dürer ou de son école, et il espérait les revendre à la ville. Ces petites mésaventures locales n'arrivent que trop souvent.

du siècle. En 1870, ces dessins, moins deux, passèrent au musée et devinrent la proie des flammes.[1]

Heitz, le libraire, avait dix-huit dessins ou aquarelles et cinquante-huit pièces gravées; Egmont Massé en avait réuni neuf. Le général de Schauenbourg, commandant le corps d'armée chargé d'opérer en Suisse contre les petits cantons, avait distingué notre dessinateur, alors sous-officier d'infanterie. Il l'attacha à son état-major et, à la paix, Zix fut reçu chez lui comme un ami; il donna des leçons aux enfants du général, et l'un d'eux, ancien pair de France, possède encore de lui des portraits de famille, cinq sujets des campagnes en Suisse de son père, l'entrée à l'abbaye de celui-ci en 1793, la reprise du fort de Kehl par 1,500 Français, dont une partie était de la garde nationale de Strasbourg; enfin des vues de la maison de campagne de Geudertheim.[2]

Un autre artiste strasbourgeois, moins célèbre que B. Zix, quoique ayant fourni une plus longue carrière, est Christophe Guérin, décédé en 1830, conservateur du musée de la ville à l'âge de 62 ans. Beyer nous a conservé sa sympathique physionomie. Il avait réuni quelques gravures, quelques toiles, un Rembrandt et un Salvator Rosa, et des dessins. Il avait été se perfectionner à Paris, et avait eu pour maîtres Jolain et Müller de Stuttgart. Drölling père passant à Strasbourg en 1785, fit son portrait en deux heures. Guérin[3] dessina presque tous les hommes remarquables de l'Alsace. Il était non-seulement un bon peintre, mais encore un amateur éclairé. Une

[1] Avec la *Fête du Village*, la *Danse de l'Ours*, les *Musiciens ambulants*, *Orphée et Eurydice*; souvenir d'Oberlin, *Pfeffel et Winckel*, dessins; les *Musiciens du régiment*, tableau

[2] *V. Zix*, par le baron de Schauenbourg, 1861; *Catal. Heitz*, 1868; *Catal. Massé*, 1864; *Catal. du musée de Strasbourg*, 1841, Piton, Hermann, etc. Les œuvres de Zix se trouvent même à Vienne (Belvédère, galerie Czernin, etc.).

[3] Il était le frère du célèbre portraitiste Jean Guérin.

fois, cependant, son zèle, pour augmenter par la qualité et non par la quantité, le dépôt artistique qui lui était confié, fut récompensé d'une singulière façon. Il avait acheté pour la minime somme de 1,500 francs un petit chef-d'œuvre, une scène de cabaret par Van Ostade; tous les amateurs qui visitaient le musée en conservaient le souvenir le plus agréable; à une vente à Paris, ce prix aurait été plus que quintuplé..... Un blâme lui fut infligé par le Conseil municipal.[1] Ce Van Ostade pourrait bien provenir de la collection de M. Ebrard, amateur qui avait prêté pour l'exposition des amis des arts de 1833, une scène militaire de Lantara et *des buveurs par Van Ostade*. — M. R. de Bussière avait envoyé le beau tableau de Gérard, *Corinne au cap de Micène*.

La demeure d'un autre artiste naturalisé Strasbourgeois, Ohmacht, ressemblait à un véritable temple des arts. Dans un salon arrangé avec goût, on remarquait ses deux statues d'Hébé. Ces deux figures toutes olympiques, l'une vêtue, l'autre presque nue, offraient aux regards du spectateur enchanté tout ce que la jeunesse et les grâces avaient de plus séduisant. Ces statues en marbre étaient de grandeur naturelle et agenouillées, la coupe céleste dans la main. Une Vénus en marbre sortant du bain faisait le digne pendant à ces deux œuvres d'art. Quelques tableaux de bons maîtres ornaient les murs.[2]

Dans une très intéressante notice sur les développements du dessin d'impression de toiles peintes en Alsace, feu H. Lebert a donné dans la *Revue d'Alsace*, année 1865, de curieux renseignements sur les artistes qui appliquaient au siècle dernier leur talent aux travaux de l'industrie. Il nous montre Pillement, le dessinateur des chinoiseries. Ses capricieux dessins à la mine de plomb, touchés par des couleurs au pastel un

[1] *Bibliographe alsacien*, 1863, p. 139
[2] *Album alsacien*, 1838, p. 131.

peu estampées, sont charmants de goût et de gracieuse composition. Sa collection gravée ne peut donner qu'une faible idée de la touche spirituelle de l'original. Toutefois ce genre de dessin n'est qu'un style bâtard du chinois compris avec la libre allure d'un artiste de l'époque de Louis XV. L'établissement de M. Kœchlin, à la Cour de Lorraine à Mulhouse, en possédait une grande collection. Henri Hofer, peintre mulhousien, avait deux dessins de Pillement; il les donna à Lebert. Ce dernier conservait dans « son journal » beaucoup de dessins qui avaient servi à la fabrication des tissus, genres Watteau et Boucher; sujets tirés de Lafontaine, de Jean-Jacques Rousseau, *Métamorphoses d'Ovide*, etc., et un fragment du rideau du lit de Voltaire à Ferney. « Amateur d'un art qu'il aimait avec une ardeur juvénile, Lebert mourut à Colmar en 1836, à 77 ans. » Il laissa aussi quelques dessins de Saint-Quentin, le portrait en pied de ce dernier par B.-M. Lebert père, ainsi que le calque d'un dessin semblable du portrait de M. Pierre Dollfus en commandant de la garde nationale.

Saint Quentin, qui se qualifiait de peintre du roi, donna pour les tissus beaucoup de dessins genre Pompadour; il reçut l'hospitalité la plus gracieuse chez M. Knoll, de Colmar, amateur passionné des arts.

M. Hausmann, de Logelbach, avait beaucoup de croquis de cet artiste, et un traîneau dont les panneaux peints à l'huile sont dans le goût Pompadour.

Voici comment le révérend Th. Fragnall-Dibdin, de passage à Strasbourg en 1818[1], décrit l'appartement d'une des sommités du haut commerce de Strasbourg : « Le comptoir

[1] *Voyage bibliographique, archéologique et pittoresque en France*, traduit de l'anglais avec des notes, par Crapelet. Paris, 1825, t. IV, p. 384, 414. — Ces bons aïeux occupaient de hauts emplois dans la ville libre de Strasbourg; l'un d'eux, dit « le grand patriote », fut élu deux fois de suite ammeistre après la guerre de Trente-Ans. Ils étaient plus que des ministres d'Etat, car ils étaient souverains. Un ammeistre du

mérite d'être visité sous plus d'un rapport. Il est orné de divers portraits représentant les bons aïeux de la famille Franck ; vous y voyez des respectables gentlemen, vêtus du costume en usage chez nous sous le règne des deux Charles, plume à la main, papier sur la table, pourpoint de velours, jabot de dentelles à gros tuyaux. On les prendrait pour des ministres d'Etat ou des membres du Conseil privé. Au fond de l'appartement, on voit une dame de petite taille, la plume dans une main, probablement une lettre dans l'autre. Le modèle est vivant, et ce portrait n'est rien moins que celui de Madame elle-même. » Quelques jours plus tard, Mme Franck fit voir à notre Anglais le profil en marbre blanc de sa petite fille par Ohmacht. C'est, selon Dibdin, le meilleur ouvrage de cet artiste. C'est une production suave et délicate, exécutée à la grecque.[1]

A la Meinau, maison de campagne près Strasbourg, on voyait encore d'autres œuvres d'Ohmacht. Les statues en marbre de Flore et de Vénus ornaient une salle splendide ; dans le jardin, un jeune faune en pierre assis sur un rocher, et près la pièce d'eau un Neptune de grandeur colossale. Le propriétaire de ces belles choses [2] avait fait son habitation

XVIIe siècle, J.-F. Wurtz, s'est fait peindre dans le splendide costume du temps, tenant une lettre à la main, sur laquelle on lit sa qualification de marchand tout au long ; devant lui est son grand livre. Et cet homme donnait audience à des ambassadeurs quand il le voulait. (Voir la gravure non signée de ce beau portrait.)

[1] Voir sur la famille Franck ce qu'en dit la baronne d'Oberkirch, t. I p. 173, 2e édition.

En 1788, M. de Franck, membre du corps des marchands, demeurait quai Saint-Nicolas

[2] Charles Schulmeister, chef des observateurs militaires sous l'Empire. Voir le paragraphe que lui consacre Cadet-Gassicourt. Il est l'auteur d'un *Vocabulaire pour apprendre l'argot ou le langage des gueux et des filous*, à l'usage de la gendarmerie et des fonctionnaires de police. Magdebourg, 1813 ; dédié au duc de Rovigo. (Argot français, italien, hollandais, allemand).

digne du maître qui gouvernait alors le monde. En 1809, l'impératrice Joséphine et sa fille, la reine Hortense, vinrent souvent visiter ces lieux enchanteurs De retour à la Malmaison, l'impératrice envoya à la Meinau des fleurs rares pour embellir encore ce lieu charmant. Mais l'invasion terrible et inexorable arriva; tout ce que Joséphine aimait fut abîmé et détruit. La Meinau ne s'en releva plus; elle est aujourd'hui un domaine rural. Le Neptune d'Ohmacht fut transporté chez M. Hartmann à Munster, et les trois autres statues furent vendues à la ville, qui les plaça dans son musée. Elles ont subi le sort malheureux de l'Aubette. Ohmacht avait sculpté deux fois le buste de Mme Schulmeister.

La numismatique était représentée par le collaborateur de Millin, qui l'avait institué son légataire pour une partie de sa bibliothèque et de ses collections. F. Winckler, né à Strasbourg en 1771, employé au cabinet des médailles de la Bibliothèque impériale, promettait d'égaler son maître et son ami, lorsque la mort le ravit au mois de février 1807. Capitaine de volontaires au commencement de la Révolution, il avait été fait prisonnier au fort Vauban, puis conduit en Hongrie. Son portrait peint par Sers a été gravé par Mecou.[1]

Ramond du Pouget (C.-E.-B.), frère du baron Ramond de la Carbonnières, dont l'éloge funèbre fut prononcé par le grand Cuvier, laissa d'importantes suites numismatiques dont le catalogue fut imprimé en 1826. Il était né à Strasbourg et mourut en 1823 à Paris, dont il avait décrit avec soin les diverses enceintes.[2] MM. de Montjoie, d'Hirsingen, possédaient un médaillier très complet de pièces romaines trouvées à Hirsingen même. Ce trésor, par un sort néfaste, fut jeté dans l'Ill en 1792 et n'a pu être retrouvé.

[1] Millin, *Discours prononcé aux obsèques de M. Winckler*. Paris, s. l. n. d., in-4°, suivi d'une ode en allemand par D. Meyer.

[2] Baquol-Ristelhuber, *L'Alsace ancienne et moderne*, 1865, p. 542.

Le célèbre baron C.-J.-A. de Berstett, né à Gerstheim, et dont l'hôtel de famille était situé sur l'emplacement actuel de la *Ville de Paris*, est l'auteur d'un ouvrage très recherché sur les monnaies alsaciennes, imprimé en 1840. Dans la préface, il avoue que pendant près d'un demi-siècle il a recherché tout ce qui avait un rapport numismatique avec l'Alsace. Aussi son médaillier était-il des plus complets. M. Dorlan, avocat à Schlestadt, l'acquit à sa mort, et l'héritier de celui-ci le vendit, il y a deux ans, à la bibliothèque de l'Université de Strasbourg.

A Paris, le général Rapp [1], dont la statue se voit à Colmar, avait un somptueux hôtel. Dans sa chambre à coucher étaient exposés, sur des patères d'or, les sabres donnés par Mourad Bey, d'autres armes conquises en Egypte, et le couteau du jeune illuminé de Schönbrunn. Le beau tableau de Gros, l'*Amour et Psyché*, acheté depuis par le musée du Louvre, était suspendu vis-à-vis du lit. Plus tard le général acheta pour 7,000 francs le portrait en pied de l'impératrice Joséphine en costume officiel, peint par son compatriote, le peintre Casimir, de Colmar.[2]

Le général Clarcke avait orné son habitation de Neuwiller d'un superbe vase grec, enrichi de figures peintes en plusieurs couleurs, au milieu desquelles on remarque un Apollon Musagète, touchant la lyre au moyen d'un plectrum. Cette belle sculpture passa ensuite dans le château de Reichshoffen, chez le vicomte Renouard de Bussière.[3]

Le facteur de pianos Sébastien Erard, né à Strasbourg en 1752, avait dans sa belle habitation de la Muette, près Paris, une belle collection de tableaux anciens des trois écoles. Il

[1] L. Spach, *Le général Rapp* (*Revue d'Alsace*, 1855, p. 439).

[2] Casimir laissa tous ses dessins et ses tableaux à une nièce de sa femme, Mme Babois (1770-1829).

[3] Dr Kuhn, *Niederbronn*, 1835, p. 215. La bibliothèque du maréchal Clarcke fut vendue à sa mort.

mourut en 1831, après une douloureuse maladie, ayant rendu les étrangers tributaires de la France pour les pianos.[1] Le professeur Arnold, l'original auteur du *Lundi de la Pentecôte*, était aussi un amateur éclairé des beaux-arts. Il avait parcouru l'Italie et il avait su se former une collection de tableaux qui attestait son goût.

Botaniste, géologue, antiquaire, Engelhardt, mort récemment à Niederbronn, où la confiance éclairée de la famille Dietrich l'avait placé à la tête de ses importants établissements, avait commencé de bonne heure de fortes études scientifiques. En 1820, il publia son *Voyage en Alsace (Wanderungen durch die Vogesen)*. Il avait rapporté de ses excursions un herbier complet et une belle suite de minéraux. M. Engelhardt est le fondateur du musée d'antiquités de Niederbronn, que la générosité de la famille Dietrich a augmenté de beaucoup d'objets.

Arrivé au but que j'ai cherché à atteindre, j'allais oublier le pasteur Oberlin, le bienfaiteur du Ban de la Roche. Je vais décrire son modeste intérieur en citant textuellement les récits des personnes qui ont eu le plaisir de l'approcher. « Dans le cabinet de travail, les murs sont garnis de rayons chargés de livres, de gravures, de peintures utiles à l'histoire naturelle, de portraits, de cartes. Près d'une croisée est le bureau du pasteur, couvert de divers volumes et de papiers ouverts. Sur d'autres tables sont rassemblés des minéraux, des pierres taillées et de différentes couleurs, un crâne étiqueté, des herbiers et une foule d'objets divers trop longs à détailler. Les murs des autres chambres sont garnis de cartes géographiques, de dessins et de vignettes; au dessus des portes sont des passages de la Bible. » Plus loin, Oberlin

[1] *Portraits et histoires des hommes utiles*, 1836, N° 3.

avait un atelier où se trouvait un tour, une presse, des outils complets de charpentier, une presse d'imprimeur et de relieur.[1]

Le professeur Schweighæuser fils présente dans son rapport sur les antiquités du Bas-Rhin, inséré dans l'*Annuaire* pour 1822, les noms de quelques personnes du département auxquelles on doit d'importantes découvertes dans le domaine de l'art ancien, et principalement sur la poterie antique. C'est d'abord Mme la baronne de Coëhorn, veuve du général, propriétaire de l'ancien prieuré d'Ittenwiller, commune de Saint-Pierre, qui, dans les fouilles faites dans un pré situé près de la maison, trouva une foule de vases en pâte très fine de couleur rouge, ornés de figures dessinées avec goût, et représentant des danses, des joueurs d'instruments et des divinités païennes, Œdipe s'arrachant les yeux, des lièvres à côté de têtes humaines, etc. Quelques fragments portaient des croix, ce qui ferait supposer que la fabrique commencée du temps du paganisme avait continué après l'introduction du christianisme.[2]

M. Lambert, juge de paix de Lauterbourg, ville célèbre par ses trouvailles de vieilles monnaies dès la première moitié du siècle dernier, avait réuni beaucoup d'antiquités provenant de Rheinzabern, dont le nom était encore inconnu. Le musée de Strasbourg, grâce à M. Lambert, s'enrichit de vases antiques, de moules de Rheinzabern, et de la moitié d'une énorme amphore remplie de monnaies romaines, tirée en 1810 des profondeurs de l'Erlenbach.

Enfin le respectable curé d'Heiligenberg, l'abbé Kuntz, avait découvert, non loin de ce village, tout un établissement de poterie antique, urnes cinéraires, vases en terre rouge

[1] Le capitaine P. Merlin, *Promenades alsaciennes*, p. 100; E. Touvelle, *Le pasteur Oberlin et le Ban de la Roche*, 1824 — *Visite faite en 1793* (A. Stœber).

[2] Il est à regretter que je n'ai pu avoir aucun renseignement sur Golbéry et les collections de sa petite maison de la rue aux Bleds à Colmar.

très fine, ornés de figures, etc., dont il s'était fait un petit musée accessible à tous les amateurs. Pendant plus de quarante ans qu'il desservit la paroisse d'Heiligenberg, l'abbé Kuntz recueillit plus de six cents médailles ou pièces de monnaie à l'effigie des empereurs romains, depuis Auguste jusqu'à la chute de l'Empire.[1]

D'autres amateurs alsaciens n'avaient pas eu le bonheur de trouver de quoi former de suite une collection locale. Mais leurs efforts signalés par Schweighæuser méritent d'être cités. Ainsi le pasteur Lange, à Bouxwiller, était possesseur d'un vase en verre et de deux cachets, dont un d'oculiste, trouvés à Ingwiller. Il n'avait pas malheureusement noté la présence de beaucoup d'autres objets. Sa petite collection alla se fondre avec la suivante dans celle de la ville de Strasbourg. Deux amphores trouvées dans les fossés de Seltz et des médailles étaient chez M. Stahl, de Schiltigheim. Des débris antiques, des médailles, des fragments du zodiaque du Spachbach, se trouvent au château de Fröschwiller. Ce sont les fruits d'explorations intelligentes dans les environs.

Le docteur Weinum, ancien maire de Haguenau, avait réuni tout ce qu'il avait trouvé sur Brumath : un petit Hercule en bronze, d'un dessin barbare, à genoux, la massue sur la tête; un cachet en serpentine, etc.

Enfin la jolie petite collection d'antiquités de M. Schnœringer fils est citée déjà par le savant professeur. On sait qu'elle devint une des plus importantes de l'Alsace. Elle mériterait une notice spéciale, qui ne peut avoir sa place ici, à mon grand regret, sa formation étant postérieure à la limite que je me suis tracée. Dès sa plus tendre jeunesse il avait

[1] Voir lettre du 16 mai 1816, adressée à M. le maire de Strasbourg par les bibliothécaires de la ville (KENTZINGER, *Strasbourg et l'Alsace*, 1824.) — *(Revue d'Alsace)*, *Excursion au village d'Heiligenberg*, t. I, p. 459. (A. Stœber)

marqué son goût naissant de collectionneur, en formant un riche cabinet de fossiles provenant du sol de sa commune natale. En 1866, M. de Montrichard lui avait légué ses médailles et ses vases étrusques.

Telles sont les collections purement locales que cite Schweighæuser à la suite de longues explorations archéologiques dans le Bas-Rhin. Lui-même aimait à s'entourer des débris des âges anciens. C'est ce qu'a parfaitement rendu un de ses derniers historiens :

« En passant près d'une maison de vieille apparence, « autour de l'église Saint-Thomas de Strasbourg, écrit « M. Spach, vous auriez peut-être vu Schweighæuser fils se « promener dans le petit jardin attenant à la maison pater- « nelle. Dans ce musée à ciel découvert, où quelques frag- « ments de statues, quelques bas-reliefs antiques et un « baptistère [1] donnaient au visiteur le pressentiment et l'avant- « goût de la conversation qui l'attendait auprès du collecteur « de ces richesses archéologiques et artistiques. » C'était bien là l'*Atrium* digne du consciencieux auteur des *Antiquités de l'Alsace*, et tel qu'on peut en souhaiter un à tout amateur de province.

A côté de l'histoire des artistes et de leurs œuvres, l'histoire des curieux a pris dans ces derniers temps sa place légitime, et est devenue la préoccupation des érudits. La curiosité, en effet, étant la conservatrice des objets d'art, il est indispensable d'en connaître à fond les annales, sous peine de laisser une lacune considérable. Pour répondre à ces observations très justes d'un érudit parisien, M. L. Courajod [2] nous allons tracer le portrait de quelques collectionneurs alsaciens d'après des écrits contemporains :

« Schurer, professeur de physique, a publié il y a peu de

[1] Mme Schweighæuser donna ce baptistère moyen-âge à la ville.
[2] *Livre-journal* de LAZARE DUVAUX, Paris 1873.

temps un traité sur cette science. C'est un homme alerte, actif et tout à fait à la hauteur de sa position ; mais comme il est obligé de se servir de la langue latine, pour mieux se faire comprendre de tous ses élèves [1], son accent, sa manière de s'exprimer ont quelque chose de fort désagréable ; défaut qui arrive fréquemment aux plus grands savants. Sa collection d'instruments de physique est très remarquable ; il l'augmente tous les jours, et il continue à faire de belles expériences.[2]

« Le professeur Hermann enseigne avec distinction l'histoire naturelle et la botanique. La première de ces sciences est sa spécialité, et il y atteint un haut degré de perfection. Son cabinet d'histoire naturelle est très remarquable et bien classé. Il l'a formé avec ses propres ressources et il lui a coûté des sommes considérables.[3] D'après ce qui m'a été dit, les débuts d'Hermann furent assez pénibles. Il fut longtemps professeur extraordinaire avec un petit traitement et même sans traitement. C'est ce qui le fit briguer et obtenir d'abord une place de professeur de philosophie ; puis une chaire étant vacante à la Faculté de médecine, il la remporta. Ces petits désagréments ne seraient pas arrivés, si on eût créé de suite pour lui une chaire d'histoire naturelle, dont il était si digne.

[1] L'Université de Strasbourg était fréquentée par des jeunes gens de toutes les parties de l'Europe.

[2] *Briefe eines reisenden Deutschen an seine Bruder*, in Heidelberg, Francfurt und Leipzig, 1789, in-8° p. 389. (Vingt lettres très intéressantes sur Strasbourg.)

[3] Hermann avait emprunté, quelques années avant sa mort, une somme considérable à gros intérêts pour payer à un voyageur allemand les modèles de Poli. Le cabinet de minéralogie de Delisle-Romé à Paris avait de lui de l'albâtre ou spath vitreux de Giromagny.

Sur ses dernières années, il avait été autorisé par l'administration départementale à donner des leçons dans son riche cabinet. Le jeune comte de Custine de Niderwiller prit des leçons d'histoire naturelle près de lui.

En 1776, Sander [1], professeur au Gymnase de Carlsruhe, connu par plusieurs ouvrages de dévotion et d'histoire naturelle, ne manqua pas de visiter les collections du célèbre professeur.

« Admirable cabinet, dit-il, par la quantité d'objets qu'il renferme et par l'ordre et la propreté qui y règnent ; presque tous les insectes y sont, même les plus petits, fixés sur des tablettes blanches avec des étiquettes, et classés dans des vitrines ; il y a beaucoup d'amphibies : *Amphib. reptil. Linne*, la *Rana pipa*, un jeune crocodile dans un bocal ; des écailles de tortue, la *Testud. imbricat ;* des poissons non empaillés, le *Chattudon*, le *Diodon*, le *Cyclop*, mais évidés avec leur épiderme et leur forme extérieure, et placés sur des supports en bois noir travaillé au tour.

« En fait de mammifères empaillés [2], des blaireaux, des marmottes, le chat d'Espagne, des belettes, des rats, etc., de grandes pierres de bezoard, si rondes et si polies que l'on aurait dit qu'elles sortaient des mains du tourneur. Ces objets sont enfermés dans une chambre plus longue que large. Chaque oiseau est sur un support spécial ; le pinson pourpré (cardinal) de l'Inde occidentale ; un colibri au bec long et pointu, mais auquel manque un brillant plumage ; des oiseaux magnifiques du Mississippi ; le phalarope *Phal. Atlas*, bien moins beau que celui donné dans l'ouvrage de Gramer. Des serpents dans l'esprit de vin, et une tête de vipère avec les deux dents à venin ; des œufs très gros, ceux de tortue couverts d'une membrane calcifère semblable à du parchemin, des nids d'oi-

[1] *Beschreibung seiner Reisen durch Frankreich, das Niederland, etc.* Leipzig, 1783, t. I, p. 5. Je dois à la bienveillance de M. Dagobert Fischer, de Saverne, ce passage curieux. Le pasteur Oberlin visita en 1780 Sander à Krondingen dans le pays de Bade.

[2] En 1806 on s'adressait à Guillaume Hering, comme artiste empailleur. Adorne, rue Brûlée, avait la spécialité pour les instruments de physique.

seaux et d'insectes; beaucoup de plantes coralloïdes, *Madrepor Millepor. Sertular. Alcyon, Gorgon*, beaucoup d'éponges, le *Gordius Medin.* le *Tænia Solum*, et autres, des aphrodysiaques et beaucoup de coquilles rangées dans des tiroirs.

« Puis, une tête de Méduse d'une grande dimension suspendue dans une vitrine; des étoiles de mer grandes et petites, desséchées et placées dans des tiroirs, des mollusques, un escargot dont l'extrêmité des sphères et l'ouverture sont sur le même côté. Parmi les pétrifications, des spongiaires, des cornes d'Ammon énormes, un grand *Madrepore* pétrifié de la Champagne, pesant de 6 à 8 livres; c'est un fragment de *Terra filicina*, dont mon briquet faisait sortir beaucoup d'étincelles. Il faut mentionner aussi des crustacés, des embryons et autres productions monstrueuses.

« Je n'ai vu en fait de régne végétal qu'un essai pour conserver les fruits; on les remplit de cire; mais ce moyen fut bientôt mis de côté.

« La minéralogie était représentée par des sels, du soufre du Vésuve; un diamant que l'on estime 3,060 francs, et près duquel le straus n'est plus rien; il y a encore quelques pierres précieuses; l'*Oculus cati*, un onyx, des échantillons de chaque métal; de la *platina del Pinto*, en assez grande quantité, dont l'once a coûté d'abord dans le principe 100 livres et dont le prix ne tarda pas à se payer 300; un grand nombre d'hématites, des échantillons de Mercure, etc. »

L'économiste Carl Granz [1] parle également du cabinet Hermann et de l'accueil bienveillant que lui fit en juin 1801, le docteur Hammer.

« La Faculté de médecine, continue le voyageur anonyme de 1789, a fait une grande perte dans la personne des professeurs Lobstein et Spielmann, mais leurs successeurs font tous leurs efforts pour marcher dignement sur leurs traces.

[1] *Voyage* (en allemand). Leipzig, 1802, t. I, p. 43.

« Le professeur Oberlin a une belle bibliothèque, un petit cabinet d'antiquités, et comme le professeur Spielmann, un beau médaillier.[1]

« Il est du petit nombre de ces hommes rares dont un pays s'honore et qui, par conséquent, sont dignes de toutes les faveurs qu'un gouvernement éclairé peut répandre sur eux pour sa propre gloire, observait avec raison le préfet Laumond.[2] »

Une des dernières dissertations qu'écrivit Oberlin, fut une note sur un bas-relief faisant partie de sa collection et sur lequel on voyait une tête cornue, que le vulgaire prenait pour le portrait d'Attila. Cette sculpture provenait d'un mur de la ville. Un autre bas-relief presque identique avait été brisé pendant la Révolution.

En 1862, M. Brunet de Presles, de l'Institut, donna quelques manuscrits de ce savant modeste à la bibliothèque de Strasbourg, et la ville de Nancy, voulant perpétuer la mémoire de l'auteur des *Recherches sur le patois lorrain*[3], a donné son nom à une de ses rues.

Le poète Ehrenfried Stœber lut à la séance du 17 mai 1807 de la Société des arts et sciences de Strasbourg, une notice sur le professeur Oberlin. Cette notice est devenue très rare.

L'estampage d'un monument du *Museum Schœpflini* se

[1] En 1789, on ne comptait cependant en Alsace que trois membres associés aux Académies royales de Paris ; Brunck (belles-lettres) ; le baron de Dietrich (sciences), et Lombard (chirurgie). Ce dernier avait peut-être remplacé le docteur mulhousien Willius, qui figure comme associé à l'Académie royale de chirurgie dans l'*Almanach royal* de 1777.

[2] *Statistique du Bas-Rhin*, an X, Paris, in-8°.

[3] Il est hors de doute que le conventionnel Grégoire, curé d'Emberménil, donna à Oberlin tous les passages relatifs à l'arrondissement de Lunéville. L'auteur d'une bonne *Histoire de Lunéville*, 1829, M. Marchal, y a inséré quelques pièces de vers tirées des *Recherches*.

Le récent éditeur des *Poésies populaires de la Lorraine* n'a pas jugé à propos d'utiliser l'ouvrage « rare et recherché » du philologue strasbourgeois.

trouve à la galerie archéologique de la ville de Metz : c'est le bas-relief de la déesse Dirona, trouvé en 1751 sur les bords du Merlebach lors de la création de la forge de Sainte-Fontaine près Forbach.

Le docteur Charles-Jean-Frédéric Grimm [1], médecin ordinaire du duc de Saxe-Eisenach, serait parfaitement inconnu en Alsace, s'il n'avait pas eu l'heureuse pensée de livrer à la postérité ses impressions de voyage. Ce qu'il dit de Strasbourg, est très curieux; ses descriptions, et particulièrement celle de la cathédrale, sont d'une naïveté rare. Il est vrai qu'au XVIIIe siècle, on était bien arriéré en fait d'archéologie. Quoi qu'il en soit, le passage relatif au château épiscopal peut trouver sa place ici :

« Je n'avais pas encore vu le palais du cardinal à l'intérieur, et j'avais destiné à cette occupation, la matinée d'aujourd'hui (janvier 1774). Il est facile d'y entrer moyennant une petite gratification à la concierge. Le bâtiment, assez vaste, n'a qu'un étage et est en pierres de taille. Les appartements d'apparat que l'on montre aux étrangers, sont tous au premier. On y entre par une grande salle pavée en marbre. De là on parvient dans les salles réservées au séjour de la famille royale [2], remplies de somptueux ornements, un très beau parquet, des chaises richement dorées, des cheminées en marbre,

[1] Né à Eisenach en 1737, mort en 1821. *Bemerkungen eines Reisenden durch Deutschland, Frankreich, etc* Altenb. 1775, in-8e, t. I, p. 183. A lire la visite à l'hôpital civil, le traitement subi par les aliénés, et ses dissertations géologiques.

[2] Marie-Antoinette étant dauphine, occupa un moment ces appartements. Le beau groupe de Niederwiller qui est au musée de Colmar, était placé dans la chambre à coucher.

Le luxe des Rohans était proverbial ; de nos jours encore, les amateurs connaissent le magnifique service qui porte leur nom. A Vienne, le cardinal de Rohan avait donné à sa livrée l'écarlate avec des galons d'or. Il avait sept pages tirés de la noblesse de Bretagne ou d'Alsace, avec gouverneur et précepteur. (Abbé GEORGEL.)

des tapisseries en soie rouge, etc. Le cardinal Louis-Constantin a placé dans la dernière beaucoup de bustes en marbre blanc, représentent les premiers empereurs romains. Je dois avouer que, sauf deux, je ne pouvais reconnaître rien d'ancien dans ces bustes, malgré que notre conductrice cita l'autorité de Schœpflin pour les faire prendre pour des originaux. Nous visitâmes ensuite la bibliothèque, dont les armoires grillées rangées des deux côtés, sont surmontées par des bustes et de grands vases en émail bleu.[1] Tout cela était déclaré antique; peut être qu'un petit buste d'Alexandre-le-Grand, haut d'un pied et demi, l'était, mais les vases ne l'étaient certainement pas.[2] La bibliothèque peut consister en 3,400 volumes, Pères de l'Eglise, histoire ecclésiastique, etc.; les reliures sont somptueuses !

« Une porte à double glace séparait cette salle de la chapelle.[3]

[1] L'Hôtel-de-Ville possède les deux plus grands et les deux plus riches vases japonais connus. Ces magnifiques pièces, d'une exécution merveilleuse, proviennent du dernier prince-évêque. Elles souffrirent beaucoup de l'incendie arrivé, il y a dix ans, et qui faillit consumer les médaillons de chasse et les clés de la ville en vermeil, ouvrages de Kirstein; de magnifiques glaces volèrent en éclats.

Les belles tapisseries des Gobelins représentant le *Parnasse* et le *Jugement de Pâris*, d'une fraîcheur et d'un ton incroyable, et faites d'après les cartons de Raphaël, proviennent peut-être aussi du palais épiscopal.

La bibliothèque donnait sur la rivière, et deux fenêtres avaient jour sur la rue du Château, rue qui longeait aussi la chapelle.

[2] On peut s'en assurer; vases et bustes sont encore sous le péristyle et dans les salles.

[3] Cette porte, peinte comme toutes les pièces, en blanc avec ornements en or, est surmontée du chiffre doré du cardinal Armand *A. R.* La chapelle avec ses deux fenêtres est encore, sauf l'autel, telle que l'a vue le médecin saxon. C'est un appartement toujours aussi riche et aussi élégant, malgré les dégradations du temps. La parure or et blanc, jadis trop coquette, est devenue plus respectable en se fanant. Un bureau de bibliothécaire remplace l'autel. La chapelle des princes-évêques de Strasbourg, grands-aumôniers de France, est aujourd'hui la chancellerie de la bibliothèque provinciale.

Celle-ci n'avait rien de remarquable, et était plus petite que toutes les pièces que j'avais traversées jusqu'ici. Au dessus de l'autel se trouvait un tableau d'une beauté ravissante. Plus on le regarde, plus on y trouve de beautés. Ce tableau représentait la naissance du Christ. Marie tient le divin enfant sur ses genoux; de l'enfant rayonne une clarté trop faible pour éclairer toute la scène, mais encore assez vive pour permettre de voir dans l'obscurité un chien couché dans un coin et des bergers qui regardent par la porte. Cette peinture peut avoir 6 pieds de haut sur 5 de large. La concierge nous assura que le duc d'Orléans avait voulu l'acheter en la couvrant de pièces d'or. Elle nous dit que c'était un ouvrage de Corrège.[1]

« Les autres appartements sont petits et ne méritent pas d'être vus, si ce n'est pour leurs beaux meubles.[2] Il y a, entre autres, des armoires d'un travail inimitable, et un lustre

[1] Ce tableau-panneau est encore à sa place. C'est, je crois, une bonne copie de la *Nuit* ou de la *Nativité*, du Corrège, qui se trouve à la galerie de Dresde. Les armoiries mutilées de la famille de Rohan sont au dessus ; au dessus de deux portes qui se trouvent de chaque côté, sont deux autres tableaux, dont les sujets sont relatifs à l'enfance du Christ, et qui paraissent être du même peintre.

[2] Le luxe des beaux meubles était général alors à Strasbourg. Le professeur Sanders s'extasiait devant la vaisselle plate; les couteaux à lame d'argent pour le fruit, le plateau en vermeil pour le dessert; le panier en fils d'argent contenant les vins fins; les cristaux qu'il voyait partout. La princesse Christine de Saxe, abbesse de Remiremont, dépensait 400,000 francs pour meubler son hôtel de la *rue des Juifs*. Un simple négociant, Hoffmann, avait dans sa maison pour 30,483 francs en meubles, argenterie et bibliothèque; sa maison de Haguenau avait un mobilier estimé 9,400 francs. *(Consultation contre le comte de Lutzelbourg, 1781 ;)* La vente du malheureux préteur Klinglin, coupable d'avoir trop bien reçu son maître, ne produisit que 29,548 francs *(Arch. dép. E. 1048)*. Mais qu'était-ce que tout cela, quand on pense aux meubles estimés 1,800,000 livres et aux 100,000 livres de statues que laissait à ses héritiers le cardinal de Mazarin, seigneur de Belfort, Thann, Dannemarie, comte de Ferrette, etc. Sa nièce et son héritière, la jeune duchesse de Mazarin, n'en fut pas plus heureuse. *(Causes célèbres*, 1742, t. XVI, p. 128.)

en cristal de roche qui doit répandre une clarté éclatante, car la plupart des pièces étaient de la grosseur d'un œuf de poule. La plupart du temps, le cardinal est absent; la comtesse de Rothenbourg occupait les appartements du premier. »

Aujourd'hui que les produits de la céramique ont le privilége d'attirer l'attention générale, et que les gens du monde et les artistes aussi bien que les érudits se préoccupent des moindres manifestations de cet art, apprécié encore il y a quelques années, par un nombre restreint de curieux[1], il est peut-être intéressant de signaler la façade d'une maison, aujourd'hui disparue, de la rue de la Nuée-Bleue, et dont la construction pouvait remonter à l'année 1730. Cette façade était, d'après Hautemer, couverte de grandes pièces de faïencerie en camaïeux, incrustées sur la muraille et accompagnées d'une grande quantité de petits ornements de très bon goût, tous modelés en terre cuite et blancs sur fond rouge, couleur de brique. C'était l'œuvre d'un potier de terre, faiseur de fourneaux, qui devait être un habile modeleur.

Les événements de 1870 occasionneront de sérieux obstacles au chercheur courageux qui entreprendra un dictionnaire iconographique alsacien. Où retrouver maintenant les traits de beaucoup de savants dont la présence en Alsace était un honneur pour le pays? Les collections du Temple-Neuf conservaient les portraits d'une foule d'hommes illustres, et principalement de professeurs de l'ancienne Université. On peut en voir les noms dans Hermann.

En 1864, un amateur bien inspiré fit reproduire par la photographie les traits pâlis et amaigris par l'étude, de l'astronome Keppler, dont l'année précédente M. Bertrand avait lu l'éloge en séance publique de l'Institut de France. Keppler était

[1] G. Duplessis, *Bolybiblion*, 1873, p. 25. — De nos jours, un amateur distingué de Strasbourg, M. le baron Le Bel, a continué l'intéressant travail sur les manufactures de faïence et de porcelaine d'Alsace et de Lorraine, travail interrompu par la mort de regrettable Tainturier.

représenté avec l'habit étroit et la barbe du temps d'Henri IV. Une main amie avait fait mettre cette inscription sur un des côtés du tableau :

JOHANNIS KEPPLERI
Mathematici Cæsarei
hanc imaginem
ARGENTORATENSI BIBLIOTHECÆ
Consec.
MATHIAS BERNECCERVS
Kalend. Januar. Anno Christi
M D. C. XXVII.

Le professeur Bernegger avait reçu de Keppler ce portrait qui passait pour le plus ressemblant[1], et qui a été détruit dans la fatale nuit du mois d'août.

Lors du sac de l'Hôtel-de-Ville, les portraits du roi et des deux premiers magistrats se trouvaient dans la salle d'honneur. Ont-ils été détruits ? Les traits du premier « roi des François » se trouvaient grossièrement gravés au trait sur une pierre provenant de la Bastille, et déposée à la Bibliothèque. On y lisait : *Ex unitate libertas, anno primo 1789;* et plus bas : « Cette pierre vient d'un des cachots de la Bastille. »

On voyait à l'arsenal le portrait d'un pacha, gouverneur de Bude, fait prisonnier en 1599 par un volontaire strasbourgeois, et la reconnaissance avait placé dans la salle chapitrale de Saint-Pierre-le-Neuf les traits de l'électeur Charles-Théodore, qui avait rendu au chapitre quelques terrains litigieux.

CAROLO THEODORO ELECTORI
PALATINO, MAJORVM NOMINA
Pie Solventi
Capitulum Ins. Eccl. col. D. Petri jun. Argent.
MDCCLXXV.

[1] Le *Magasin pittoresque*, 1853, a donné un portrait de Keppler qui ne ressemble nullement à celui de Strasbourg.

L'abbé Rumpler, qui avait aidé aux *négociations*, reçut du prince un service en porcelaine de Frankenthal. L'amour de la peinture poussa l'abbé dans des spéculations moins heureuses; surtout celle qu'il entreprit pour aider un colonel en retraite, le marquis de Chevigney, amateur de tableaux, qui lui en avait vendu quatre à 15 louis la pièce, qu'il devait encore à un brocanteur de Mannheim. Toute cette belle affaire faillit ruiner l'abbé et lui faire vendre sa petite galerie qu'il avait eu la précaution de commencer à Venise en achetant en 1770 une madone peinte par Lazarini. Il avait fait don au chœur de son église d'un *Saint Paul prêchant*.[1] Le goût des tableaux était à la mode à Strasbourg: Le baron F. O. de Wurmser avait formé une collection, et le prévôt de Regemorte en avait eu une d'un colonel qu'il vendait à vil prix à 4 livres la pièce. Quant aux tableaux de famille, en cas de décès, ils étaient remis au tuteur qui devait les rendre aux héritiers à leur majorité. Cela évitait leur dispersion, comme cela arrive souvent de nos jours.[2]

Ce n'est pas seulement à Strasbourg que les portraits disparaissent. Une coupable négligence, bien plus que les événements et le temps, disperse ces monuments précieux. Jadis, ils étaient autrement respectés. Ils décoraient les murs de la salle où le chef de famille avait son *trésor*, et qui portait le nom significatif de *chambre des couches*. Les livres de prière à couvertures d'argent, les écuelles et les gobelets en vermeil[3], les cristaux, étaient posés sur de magnifiques buffets en chêne.

[1] *Histoire d'un chanoine*, p. 95.

[2] Voir les *Mémoires pour M. d'Elvert et Mad. de Noblat*; Colmar, 1771, in-4°.

[3] L'orfèvrerie et le beau vermeil de Strasbourg jouissaient d'une réputation méritée depuis un temps immémorial. Dans le pays de la Sarre, Saar-Union, sur une échelle moindre, avait la renommée pour la bijouterie villageoise.

On peut voir dans l'*Alsace française*, 1706, une de ces chambres (*Femme revenant de la ville*).

Presque toutes les abbayes avaient la série peinte de leurs supérieurs. La petite église de Singrist conserve le portrait de l'abbé Anselme de Marmoutier, 1763. Le séminaire possède quelque portraits des princes de Rohan. Où sont passés les portraits des abbesses d'Andlau, dont parle Grandidier? Ils ont suivi le sort de l'abbaye...

Quelques châteaux conservent des galeries de famille. Les propriétaires les ont mises avec la plus aimable bienveillance à la disposition de l'auteur de l'*Alsace noble*.[1] Le petit château de Soultzbach, malgré son changement de maître, a une salle remplie de portraits des barons de Schauenbourg, dont le souvenir est resté populaire dans la vallée. On y a ajouté des armes, des meubles et des objets d'art qui leur ont appartenu.[2]

La vieille comtesse de Lutzelbourg, la *chère grande femme* de la marquise de Pompadour, et que sa correspondance avec Voltaire a sauvée de l'oubli, avait dans son château de l'Ile-Jars quelques portraits de ses ancêtres. Voltaire désirait ardemment avoir une copie de son portrait de la célèbre favorite. Enfin le 10 octobre 1761, elle lui envoya ce qu'il désirait. Mais la mort de la marquise fit rompre toute correspondance; l'appui de la comtesse était devenu inutile au célèbre écrivain.[3]

Les musées actuels de Mulhouse, de Saverne et de Colmar possèdent beaucoup de portraits. A Londres, au palais Saint-James, il existait, dans une des galeries, une réunion de por-

[1] Châteaux d'Osthausen, de Grundstein, du Jægerthal, etc.

[2] L. Levrault, *Musée pittoresque et historique d'Alsace*.

[3] Les lettres de Voltaire à la comtesse ont été souvent réimprimées. L'Ile-Jars, aujourd'hui propriété de M. le professeur Schützenberger, a été complètement dévastée pendant la guerre.

traits qui peuvent intéresser l'Alsace : *W. Musculus, Zwingle, Rod. Gualter, Th. Bibliandre, Polyander, Simon Grynæus, C. Pellican, Pierre Martyr*, auquel Musculus adressa une élégante pièce de vers latins. C'est avec satisfaction que le duc de Saxe, Jean-Ernest, les vit en 1613.[1]

Les mêmes portraits se retrouvent gravés sur bois dans un petit volume assez rare : les *Icones sive imagines virorum* de Reussner, Strasbourg, 1590, in-12, XIX-428.

Les bustes de Louis XV *(Lemoine)*, de Louis XVI *(Houdon)*, du cardinal de Rohan *(Bouchardon)*, de Kléber *(Masson)*, d'Oberlin *(Ohmacht)*, de Charles X *(Flatters)*, de Kirstein, ont disparu avec le musée de l'Aubette. Il ne reste plus rien des portraits de l'historien Kentzinger, de l'archiprêtre Vion, du sculpteur Ohmacht, de Salomé Preslerin. Feu M. Simonis, cet amateur si éclairé, avait quelque temps donné au même musée un des meilleurs ouvrages du sculpteur Grass, l'auteur de la belle statue de Kléber.[2] C'était le buste en marbre blanc de l'abbé Grandidier. En faisant ce beau cadeau à la ville, M. Simonis croyait préserver cet œuvre d'art de tout danger ; le contraire arriva malheureusement.[3]

Le musée de Strasbourg en 1807 se composait de quarante-huit toiles dont quelques originaux de diverses écoles. Le premier gouvernement impérial l'avait enrichi de quelques plâtres tirés des collections du Louvre.[4] Le musée avait pris une grande

[1] I. W. Neymaur. *Reise in Frankreich, Engelland, etc.* Leipzig, in-4°, 1620, p. 179.

[2] Au concours pour cette statue, Grass obtint facilement le premier prix. Il y avait cependant des sculpteurs « à la mode » ; Pradier resta sur le carreau, au grand désespoir de l'*Artiste*, et de son rédacteur en chef.

[3] Paul Ristelhuber. *Bibliographie alsacienne*, 1874, p. 95.
La statue d'une autre célébrité strasbourgeoise, celle de Jacob Sturm, a été mise en pièces au Gymnase.

[4] En thermidor an IX, les consuls de la République avaient déjà compris le musée de Strasbourg au nombre de ceux qui devaient recevoir des tableaux.

extension, grâce à l'école de dessin fondée à Strasbourg en 1762 par le Magistrat, sur les instances de l'amateur Pierre Mayno. Cette école fournit beaucoup de sujets remarquables, malgré que le premier professeur Alterwangen fût un peintre médiocre.[1]

C. Guérin[2], qui a donné une notice intéressante sur cet établissement, indique huit cabinets de tableaux à Strasbourg en 1807, dont les principaux étaient ceux connus de *Mathieu-Faviers*, *d'Arrois* et celui de *Mertian* (*F.-X.*), négociant, membre du jury pour l'instruction primaire.

Etant à Vienne, l'apothicaire de l'empereur, Cadet Gassicourt, ne manqua pas de visiter les principales collections de tableaux et de gravures. Il cite celle du Mulhousien Maurice Fries, comte de l'Empire, dont le portrait nous a été conservé grâce au crayon de Jean Guérin. Fries avait formé une des collections les plus célèbres de l'Europe; il avait réuni dans son palais, où il hébergea royalement tout le congrès de Vienne, 300 tableaux de choix, 100,000 dessins ou gravures, et 16,000 volumes. En 1820, le palais de la place Joseph fut vendu, et les belles choses qu'il contenait, dispersées par des ventes faites à Vienne ou à Amsterdam. L'*Albertina*, cette splendide collection viennoise, eut pour sa part bien des raretés, les vingt premières feuilles d'un jeu de cartes datées de l'*an* 1070 *après la fondation de Venise*; l'œuvre de Lucas de Leyde; une suite unique de gravures d'Henri Aldegrever (venant du cabinet Saint-Yves), etc. François Rescherperger, l'ami et le

[1] Le dernier directeur fut le peintre Melling, de Saint-Avold.

[2] *Catalogue Heitz*. C. Guérin. Note sur l'état des arts dans les deux départements du Rhin, manuscrit in fol. (Bibliothèque de l'Université). Une des dernières lithographies faites par Guérin père est le portrait du respectable docteur Ristelhuber, médecin en chef de l'hôpital civil agrégé près de la Faculté de médecine en 1825.

collaborateur d'Adam Bartsch, était conservateur de la collection Fries; il passa avec la même qualité à l'*Albertina*.[1]

Un autre Alsacien fixé à Vienne, M. G'sell[2], avait consacré ses dernières années et son immense fortune à la création d'une superbe galerie de tableaux anciens et surtout modernes qui, primitivement destinés à la ville de Strasbourg, vient de réaliser aux enchères la somme énorme de deux millions et demi !

Loutherbourg, peintre strasbourgeois[3], dont le nom figure souvent dans les catalogues parisiens, et dont le père, Bâlois d'origine, vint à Strasbourg comme peintre en miniature et graveur[4], — Loutherbourg, dis-je, employa, étant à Londres, un moyen original pour se procurer une belle collection d'armes. Chargé par Catherine II, de peindre le passage du Danube en 1774 par Romansow, il demanda, pour mieux se pénétrer du sujet, qu'on lui envoyât les armes employées par tous les peuples soumis à la Russie ou au sultan. Sa demande fut favorablement accueillie, et des armes tartares, géorgiennes, cosaques, turques, etc., lui furent expédiées. Le tableau fut-il meilleur ? Dans tous les cas, Loutherbourg conserva tout le précieux envoi.

A la vente d'Egmont Massé, M. Simonis, croyons-nous, acheta

[1] *Gazette des beaux-arts*, 1870, p. 155. — E. MUNTZ, *Revue d'Alsace*, 1872, p. 358.

[2] Le nom de G'sell n'est pas inconnu ; un artiste de ce nom a dessiné la statue de Gutenberg par David d'Angers, lithographiée à Paris sous la direction du sculpteur (in-fol.). Cette pièce a pour pendant la statue de Kléber, lithographiée par Schuler d'après le dessin de Grass. La statue du vainqueur d'Héliopolis a peu souffert ; mais son portrait à l'Hôtel-de-Ville, peint par J.-B. Regnault, a eu la tête emportée en 1870.

[3] HERMANN. — CH. BLANC. *Histoire des peintres*.

[4] On a de lui les portraits de J. N. Frœreisen, de Bartenstein, du Saarbruckois J. G. Kuhn, professeur d'éloquence d'après Kirschner. Kuhn a réuni dans un gros volume in-4°, ses *Orationes, panegyricæ etc. Argent. 1712*. Sauf quelques notices biographiques, ce volume ne mérite pas qu'on le tire de l'oubli.

pour 1,700 francs deux toiles de cet artiste : *Le passage du gué* et *Le repos champêtre*. Les gravures de ces deux tableaux reproduites par l'habile burin de C. Guérin, se trouvaient chez le respectable professeur Fritz.

Le peintre Jean Walther [1] était un grand amateur d'oiseaux. Il n'aimait et ne peignait que les charmants habitants de la plaine éthérée. Aussi pour satisfaire son goût, parcourait-il toutes les cours de l'Europe, visitant les collections et dessinant les oiseaux qui lui manquaient. Les souverains ne manquaient pas de satisfaire sa passion en lui envoyant les plus beaux échantillons de leurs cabinets ; Walther avait reçu des oiseaux du margrave F. de Bade, 1649 ; du comte Jean de Nassau-Saarbruck, 1668, etc. Il possédait aussi un herbier, et ses dessins ne l'empêchaient pas de transcrire au jour le jour les faits remarquables qui se passaient sous ses yeux. Cette chronique est à la bibliothèque municipale de Strasbourg [2], et son recueil d'oiseaux, l'*Ornithologia*, est à l'*Albertina*.

A la même époque vivait à Strasbourg un autre peintre passionné pour tout ce qui regardait l'histoire naturelle, Léonard Baldner, qui s'intitulait modestement *Fischer* et *Hagmeister* à Strasbourg, et qui a laissé le fruit de ses travaux dans un manuscrit in-4° oblong, dont les ornithologistes Pajus et Willhuby ont vanté dans le temps les belles planches coloriées, et

[1] D'après le *Stambuch* de la corporation des orfèvres, peintres..., Walther avait pour devise *cuique suum*. Ce livre contient un de ses dessins et deux de deux autres membres de sa famille, J.-G. Walther, 1680, et François Walther, 1775. Le savant Reichelt y calligraphia son nom avec cette belle pensée : *Ingenio fortuna minor 1685*. A ses moments perdus, Reichelt cultivait la poésie latine ; il a chanté dans la langue de Virgile les vertus de deux de ses confrères, Frœreisen et Frantz, et en 1692, ses élèves célébrèrent son rectorat par une ode latine.

[2] Paul Ristelhuber, Catalogue des manuscrits de la bibliothèque municipale, (*Bibliographie alsacienne*, 1872, p. 381.)

E. Muntz, Monuments de l'art alsacien à Vienne. (*Revue d'Alsace*, 1872, p. 381.)

intitulé : *Recht naturliche Beschreibung u. Abmahlung, des Vasser Vogel, Fischer, vier fussigen Thier, Insekten u. Gewirm, so bey Strassburg in dem Wassern sind, die ich selber geschossen und die Fisch gefangen auch alles in meine Hand gehalt. 1666.* Ce remarquable volume avait passé à des parents éloignés, les Hirschel, qui le cédèrent à Silbermann.[1]

Voici le titre exact du catalogue Grauel : *Museum Graulanium sive Collectiones regni mineralis principue historiam naturalem illustrandi a beato domino Johanne Philippo Grauel Med. D. ac Physices prof. Cap. Thom. Canon. Magnæ solertia comparatæ à filio ejus pie nuper defuncto egregie auctæ recensio. Argentorati, Tipis Joh. Henr. Heitz Univ. Tipographi 1772* (titre et une feuille indiquant que pour voir la collection, il faut s'adresser au docteur Bœhmer fils, 187 pp. in-8°). Ce catalogue est divisé ainsi : *Terræ, Lapides, Gemmæ, Metella, Sulphura, Salia, Petrificata, Calculi, Præparata mineralia etc.*; un appendice contient la nomenclature des fossiles suédois, don du comte de Tessin à Schœpflin, et cédés par celui-ci au *Museolum* de Grauel. Il serait assez difficile de mentionner parmi près de 5,000 numéros les pièces locales les plus remarquables. A côté de l'argile à faïence de la forêt de Haguenau, on voit 43 échantillons d'or, et de l'argent de Sainte-Marie-aux-Mines, de Giromagny, et même un morceau trouvé à Munster dans le Val de Saint-Grégoire. Les camées antiques décrits un peu trop sommairement, étaient au nombre de 19,

[1] Silbermann a dessiné presque toutes les vues de l'Alsace (*couvent d'Alspach, châteaux de Ribeauvillé*, etc.) Feu Heitz avait un carton rempli de ses dessins, *Eglises de Dompeter, d'Altorf, d'Etteinhmünster, de Schuttern* etc. L'intelligent collectionneur avait réuni une centaine de vues de châteaux alsaciens par Iulin (1812-1825) ; des vues par Reiner ; le *Hoh-Barr* et le *Greiffenstein* d'Helmsdorff ; les environs de Wissembourg par Coste ; des esquisses par Spekle, Ohmacht, etc.

Les dessins originaux des vieux châteaux situés autour de Niederbronn, dessinés pour l'ouvrage de Schweighæuser par le modeste Engelhardt, ont été anéantis par l'incendie du 24 août 1870.

les imitations s'élevaient à 24.[1] Parmi des objets moins précieux, figuraient le silex du *Grosser Tonne* (le Donon); un os fossile trouvé à Wissembourg en 1764; des coquilles de Barr, une pierre calcaire du comté de Dabo sur laquelle la nature avait représenté des arbres. Le duché de Deux-Ponts avait fourni des pétrifications et du mercure; le Saarland du plomb de Saint-Avold vers *Fanum S. Ludovici* (Saar-Louis); des cornes d'Ammon de Sarrebourg. La Lorraine était représentée par de l'antimoine, et Bâle et Thionville par des coquilles, etc., etc.

Le « théâtre anatomique » créé en 1670 et installé dans la chapelle de l'hôpital, conserve un don de son premier directeur, le professeur d'anatomie Schitz. C'est une portée de jeunes sarigues qui furent l'objet d'expériences faites cent quarante six ans après par le docte Lobstein.[2] Plus tard la ville acheta les serpents et les poissons étrangers du cabinet Scheuchzer de Zurich, et en 1732 le prosecteur May commençait ses belles préparations sur l'ouïe. Mais c'est assez parler d'un musée qui ne comprenait en 1804 que 212 préparations, et qui ne rentre que d'une manière incidente dans le présent travail. De nombreux catalogues, faits avec beaucoup de soins, en retracent le rapide développement. On sait que cette belle collection, plus heureuse que celles de l'Aubette et du Temple-Neuf, a échappé à l'incendie de 1870, qui avait cependant atteint l'hôpital civil.

Le cabinet des docteurs Corvinus père et fils[3], quai des Pêcheurs, était très remarquable au point de vue minéralogique. Sa description occupe près de deux pages dans le voyage

[1] Saint-Martin vendait, Grand'rue, des collections d'empreintes de pierres gravées et de médailles en 1787.

[2] J.-B. Lobstein, 1820. Grimm, Ehrmann, 1827, 1843. Un grand nombre des pièces pathologiques du Museum est le fruit des recherches du doyen Coze. (*Eloge par J. Tourdes*, 1822, p. 15.)

[3] Le médecin Corvinus fils vivait encore en 1792.

de Sander. Il y avait du mercure d'Espagne, d'Autriche, un très bel échantillon de l'Inde; du cobalt venant des montagnes de Gengenbach; des *Minera ferri globosa* des minières de M. de Dietrich; des morceaux d'argent, du plomb et du quarz de Fribourg en Brisgau; du plomb argentifère d'Alpispach (Wurtemberg), de très beaux morceaux de quarz de la Moselle; de l'alun de Saarbruck, du cristal de roche de Bruchsal, de la terre d'Aix-les-Bains; de Wiesbaden, de Bade et de Bade en Argovie; des échantillons de marbre de l'Orient, etc.

Le musée d'histoire naturelle de Strasbourg s'accrut plus tard:

1° D'une belle suite de minéraux formée par le docteur Reissessen, un des conservateurs du Musée, et dont Ohmacht sculpta le buste au temple Saint-Thomas. Le respectable Reissessen, bon dessinateur, dressa en 1811 la première carte géologique du département du Bas-Rhin, et il fournit pour l'*Annuaire du Bas-Rhin* de 1808 d'excellents fragments sur l'origine de la population en Alsace. Mais son plus bel éloge est cette phrase de Matter : « Ses dons aux établissements de bienfaisance recommandent son nom aux siècles à venir. »

2° D'une suite de reptiles du Cap, don de M. Catoire de Bioncourt, payeur à Colmar;

3° De cinquante oiseaux empaillés, collection du chevalier de Jankowitz, offerte, à sa mort, par son père le baron de Jankowitz, député de la Meurthe, au château de Marimont commune de Bourdonnoy;

4° De 6,500 papillons de tous les pays, contenus dans trois buffets en acajou, achetés des héritiers Franck, etc.

A la même époque, le docteur Fee collectionnait les fruits et les diverses branches de l'histoire naturelle, M. Ott, l'entomologie et principalement les coléoptères, M. Eckel, la minéralogie et la géologie. Ce dernier avait en outre quelques fragments assez authentiques de Rheinzabern et d'autres curiosités.

Les *Mémoires de la Société des sciences, agriculture et arts du Bas-Rhin* (1811—1829) mentionne peu de nouveaux collectionneurs. On y trouve cependant cités : 1° Un correspondant de la Société des antiquaires de France, M. Jacob Kolb, demeurant à Reims, qui fit cadeau au cabinet d'antiquités de Strasbourg d'un beau vase en terre rouge, orné de feuillages en relief, qu'il avait acheté en 1815, lorsqu'il avait été trouvé lors de la construction d'une redoute près de la porte Nationale. 2° Le pasteur de Wendenheim, Danneberger, dont la conduite fut si courageuse lors de cette époque néfaste. 3° Le général Montrichard, baron de Bevy, fixé à la paix à Strasbourg, et qui possédait, d'après Schweighäuser, une belle suite de vases peints, dont quatre allèrent enrichir par sa générosité les collections de la ville. Ces vases rivalisaient d'élégance avec les deux que l'on voyait au château royal.[1] 4° Le docteur Lollier, de Belfort, qui avait eu de feu François Hugonin toute une suite de coquillages, cornes d'Ammon, etc., trouvés dans le rocher qui surplombe la ville, et sur lequel va bientôt s'élever le lion patriotique de Bartholdi. 5° Et M. Schimper, dont les recherches sur les mousses sont connues du monde savant.

Enfin l'éditeur du *Congrès scientifique de France*, 10e session, Strasbourg, 1843 [2], indique quelques collections qui peuvent rentrer dans notre travail. Ces collections, sur lesquelles nous n'avons pas de renseignements, sont celles du pasteur Brunner (antiquités), de MM. Ott, (entomologie, coléoptères), Kiehm et Reischoffer (tableaux). Sous la Restauration, Colmar possédait deux véritables amateurs des beaux-arts, le colonel Athalin

[1] Schweighæuser.

[2] T. I. p. 45. Bien d'autres noms se trouvent dans le volume. Les listes données sont toutes strasbourgeoises ; elles peuvent se compléter par celles que l'on trouve pour les deux départements dans la *Revue anecdotique*, Paris, 1859, t. IX, p. 5, et dans l'*Annuaire de la Société française de numistatique et d'archéologie*, Paris, 1867 et 1868.

et M. Costé, magistrat de la Cour royale, décédé député de la Meurthe et président de chambre à Nancy.

Avant la Révolution, le cloître du Temple-Neuf, disparu de nos jours, servait, en temps de foire, de marché aux marchands de livres, d'estampes, de bijoux, etc. Maintenant il faut aller le vendredi au *Marché aux guenilles*, si on veut trouver quelque chose qui ressemble aux premiers de ces objets. En 1834, un colonel en retraite, M. L. Jolly, dont les campagnes n'avaient pas éteint la verve humoristique, décrivait ainsi le marché aux guenilles [1] :

« Les amateurs furètent dans les cartons jetés çà et là, ils sauvent de la destruction les marines de Vernet reproduites par le vigoureux burin de Lebas, les pochades de Rembrandt, les gueux de Callot [2] ; ils recherchent avec un empressement que justifie le patriotisme, les croquis de Zix, bons ou mauvais.

« Singulière destinée des artistes ! Zix [3] faisait des planches pour le *Messager boiteux du Rhin* ; avec le *Messager boiteux* on faisait des allumettes, sans trop songer à Zix ; plus tard enfin Denon découvrit et fit connaître son mérite à l'empereur, et la carrière la plus brillante s'était déjà ouverte devant lui,

[1] *Revue d'Alsace*.

[2] En 1789, on allait les acheter chez Perlasca ou chez Fietta qui venait de s'établir. On trouvait quelquefois chez eux de bonnes toiles. Tous les ans, ils allaient en Italie, regarnir leurs magasins.

[3] Le *Hinkende Bote am Rhein* pour 1810, de Silbermann, contient quatre bois de cet artiste. Zix a également donné les dessins suivants : deux pour les *Gedichte* d'E. Stœber, Bâle, 1815 ; deux pour la *Stuziade* ; plusieurs pour la *Description du Ban de la Roche* et de ses environs ; un pour le *Quatuor de Pleyel* ; cinq pour les *Fêtes données à l'empereur* ; etc.

Beaucoup de médaillons de Kirstein sont faits d'après des dessins de Zix.

Les trois bas-reliefs du piédestal de la colonne Vendôme, faits d'après ses dessins, représentent les trophées des peuples vaincus. Zix avait été l'élève de C. Guérin.

quand la mort vint arrêter ses pas. Aujourd'hui on recherche ses moindres traits; car on y reconnaît la verve et le talent qui, trop longtemps, furent méconnus parmi nous...

« Que j'aime à voir, continue le colonel, cette jeunesse fourmillant autour d'un caveau dans lequel sont entassés des livres, des bouquins de tous âges et de toutes dimensions. On pêche aux Elzévirs, aux Plantins, aux Corneilles, aux Racines... »

De nos jours, le *Gimpelmärck* est bien tombé ! C'est une rareté d'y trouver un Elzévir. Tout ce que l'amateur peut encore y faire, c'est une chasse à découvert d'une reliure armoriée; mais souvent dans quel état ! — ou d'un modeste *ex libris* qui seul sauve le livre du pilon et du magasin de la place des Orphelins. Mais bientôt cette innocente battue d'iconophile disparaîtra aussi, et il ne restera plus sur le pavé gluant du Vieux-Marché-au-Vin que les produits nauséabonds de la libraire moderne au rabais, et les lithographies populaires de nos fêtes de village.

Arthur Benoit.

NOTES.

I.

D'après Moreri, Jacob Mentel dont la biographie vient d'être publiée par un de ses érudits compatriotes, M. le docteur Cortier de Château-Thierry, est assez court d'arguments dans sa dissertation *De vera typographiæ origine, Lutet*, 1660. L'inventeur de l'imprimerie méritait mieux d'un parent. Jean Mentel grava sur bois une suite de dessins flanqués de rimes et représentant des événements contemporains, batailles de Morat, de Grandson, de Nancy ; procession autour de la cathédrale de Strasbourg etc. Le professeur Sander vit en 1776 à la bibliothèque Sainte-Geneviève à Paris le *Speculum quadruplex* de Vincent de Beauvais attribué à Mentelin, et qui a fourni l'objet d'une dissertation à M. Desbarreaux-Bernard. Paris, 1872 in-8°. En 1873, la *Biblia germanica* de 1466, attribuée à Mentelin, a été vendue 80 guinées à la vente Perkins.

II.

La bibliothèque municipale a acquis le catalogue rédigé par Louis-Philippe Kunast des raretés amassées pendant tant d'années par son père Balthar-Louis. Il serait à désirer que cette précieuse plaquette fût réimprimée. « Rien de plus sec en apparence qu'un inventaire, a écrit un jour feu Beulé, et cependant c'est la clé de bien des richesses. » On y trouverait nombre de manuscrits peut-être existants encore de nos jours, entre autres la relation des deux voyages en Terre-Sainte du Strasbourgeois Henri Wagius. L.-P. Künast était un latiniste ; il a composé dans cette langue l'épitaphe de J.-L. Frœreisen, 1690.

III.

Le pharmacien Josué Risler avait établi, à ses frais, un petit jardin botanique sur la place dite « Marché aux pots, *Hæfelemarkt*, » aujourd'hui place Lambert. Il est l'auteur du *Marchionis Badeæ Durlacensis Hortus Carlsruhanus*, 1747. Je pense que c'est à lui que l'on peut attribuer l'*ex libris Josuæ Risleri*, armorié de gueules à la fleur de lis d'argent avec lambrequins, etc. Sa bibliothèque aurait-elle aussi été dispersée? Le portrait du pasteur Spœrlin se trouve au *Musée historique*, fondé par la Société industrielle de Mulhouse avec le concours de la municipalité et qui, malgré sa création récente, occupe déjà deux grandes salles. M. Aug. Stœber, dont le nom est bien connu en Alsace, en a été nommé le conservateur.

IV.

Le jeune margrave de Baireuth, Christian-Ernest de Brandebourg, étudiant à Strasbourg en 1658, se rendit le 20 août à Sainte-Odile avec son gouverneur ; les religieux s'empressèrent de lui montrer les reliques et les raretés de leur couvent. (*Voyage de l'Ulysse brandebourgeois*, Bayreuth, 1676, p. 77). Il ne put voir l'*Hortus deliciarum* qui était alors entre les mains du prince-évêque. Il vient de paraître à Francfort une édition de l'*Hortus*, coloriée avec soin d'après les calques d'Engelhardt qui sont à la bibliothèque municipale de Strasbourg. La *Gazette des beaux-arts* a reproduit la planche des Supplices de l'enfer, et le *Musée universel* a donné quelques croquis tirés de l'ouvrage d'Engelhardt.

V.

D'après Schweighæuser père (Cat. Heitz, 3576. *Note sur l'état des lettres et des arts dans le département du Bas-Rhin*, 1807), Brunck l'helléniste avait beaucoup de manuscrits provenant de la bibliothèque de Beatus Rhenanus, qui les avait tous cédés à sa ville natale. Ces manuscrits sont maintenant à la Bibliothèque nationale.

VI.

Feu Ehrenfried Stœber, dans son intéressante *Vie de J.-F. Oberlin, pasteur à Waldbach*, Strasbourg, 1831, écrite d'après des papiers de famille, s'étend longuement sur la description de la maison du bienfaiteur du Ban de la Roche, qui avait acheté dès le printemps de l'année 1766, « une collection d'histoire naturelle et fondait ainsi son cabinet, auquel il donna plus tard une extension considérable. Oberlin consigna dans son journal toute la joie que cet achat lui avait causé et toute sa reconnaissance envers Dieu, » source de tous biens. « La double révélation de la nature et de la religion avait été dès sa tendre jeunesse l'objet principal de ses méditations. » (Pages 68 et 516.)

VII.

Feu M. Schweighæuser avoue ingénûment dans la dernière de ses deux dissertations sur les antiquités gallo-romaines de Rheinzabern (ex-canton de Candel), que dès que l'on y connut l'acquisition qu'il avait faite de ce que le colonel de Saint-Amour avait réuni, étant vers 1830 en garnison à Lauterbourg, un maçon fort intelligent et passablement instruit, s'occupant depuis plusieurs années à recueillir les antiquités, fouillant lui-même le terrain, lui apporta la plupart des objets trouvés. D'autres savants antiquaires reçurent également du « maçon fort intelligent » des sculptures découvertes à Rheinzabern ; les musées de Spire, de Munich, de Luxembourg, de Londres s'enrichissaient indéfiniment d'urnes funéraires en terre cuite, avec personnages et inscriptions indéchiffrables. Des soupçons sur l'authenticité de ces trouvailles surgirent un peu tard. L'exploitation allait être terminée. On découvrit enfin que ces soi-disant vases et leurs ossements calcinés, que l'on offrait en vente même à Bade, étaient fabriqués et enfouis chaque hiver par un maître maçon de Rheinzabern, nommé Kauffmann, celui qui avait dupé si longtemps Schweighæuser, « le maçon fort intelligent » de sa notice.

Le musée de Metz manqua aussi de posséder de ces pseudo-poteries lors de la dispersion du cabinet de M. Victor Simon. (Ch. Abel, *Notice sur la galerie archéologique de Metz*, 1873).

Ce que le savant professeur strasbourgeois avait acheté du colonel serait d'une authenticité douteuse. Dans tous les cas, cette collection devait être, à un certain point de vue, curieuse. Les objets trouvés cependant il y a plus d'un demi-siècle, sont peut-être hors de cause ; ainsi le bas-relief en marbre blanc avec Apollon, Minerve et Mercure, et le cippe en pierre entouré de sculptures en écailles et surmonté d'un cavalier lançant un javelot, — objets qui appartenaient à M. Lambert.

VIII.

Dans le cours de la Révolution, le château du duc de Wurtemberg à Horbourg a été démoli : beaucoup de personnes se souviennent d'avoir vu vendre à la toise des pierres chargées d'inscriptions et des fragments de bas-reliefs et de statues. Du temps de Beatus Rhenanus, on y avait trouvé un grand nombre d'inscriptions, mais malheureusement le savant ne prit pas soin de les décrire, et le néant en a fait sa proie. En 1742, le pasteur Braun d'Hunawihr, et deux ans auparavant le président de Brou, avaient envoyé à Schœpflin des débris trouvés à Horbourg. En 1782, Billing fit l'acquisition du bas-relief des Unterlinden, dont Golbéry avait perdu la trace. Les nommés Prudhomme avaient recueilli bien des raretés ; en 1816, ils cédèrent à M. Schweighæuser un autel.

IX.

Golbéry (le musée de Nancy possède deux paysages de Lautherbourg, dessins aux crayons noir et blanc sur papier gris, donnés par Mme de

Golbéry) raconte que pendant la période révolutionnaire, Marquaire, décédé président à la cour de Colmar, était le seul qui voulut encore accorder quelque intérêt aux souvenirs d'un autre temps. Ce noble goût faillit coûter la vie à ce magistrat, qui fut arrêté momentanément à Schlestadt pour avoir donné trop d'attention à la pierre de Beatus Rhenanus.

X.

Un collectionneur *colmarien*, que l'on ne s'attendait pas trouver ici, est le général baron de Frimont, commandant en 1815 le département du Haut-Rhin pour l'Autriche. Il fit emballer dans quatorze grandes caisses les plus beaux vitraux de l'église des Dominicains, et les expédia à Vienne, où ils ornent actuellement la chapelle d'un palais princier. Un vicaire dévoué sauva ce qui restait des vitraux de la Halle et les fit placer dans l'église paroissiale, dont ils sont encore un des plus beaux ornements.

XI.

La splendide Exposition rétrospective de Nancy (juin-juillet 1875) nous a fourni l'occasion de revoir bien des choses alsaciennes : M. Brackenhoffer avait envoyé une magnifique soupière de Frankenthal ; une reliure en soie bordée d'or, coins en vermeil ciselé ; une montre en or ciselé avec berger et bergère en émail ; un bas-relief florentin, argent bruni rond (*Moïse sauvé des eaux*) ; deux verres à pied gravés avec couvercles ; un grand plat Haguenau ; — M. Hergott, un grand manuscrit à miniatures ; une tapisserie des Gobelins, *Le cardinal de Rohan I*, très ressemblant, provenant de Saverne ou de Strasbourg ; — M. Muntz, M. le colonel de Morlet avaient aussi détaché quelques raretés de leurs collections.

XII.

Le nom du cardinal de Fürstemberg, mort en 1704, se rencontre encore en visitant quelques édifices de l'Allemagne. Le chœur de la cathédrale de Cologne est revêtu de tapisseries de haute lisse des Gobelins données par lui, lorsqu'il était chanoine du noble chapitre. Ce sont des copies de Rubens, un peu ternies par le temps. *Elie et l'ange*, *Melchisedech*, *La manne*, *Un sacrifice* et quatre emblêmes religieux. Dans la salle de la coupole au palais du Zwinger, à Dresde, il y a encore six tapisseries flamandes (d'Arras ?) faites d'après les cartons de Raphaël, et achetés par le roi Auguste en 1723 pour la minime somme de 3000 thalers. Comment l'évêque les avait-il eues ? Ce sont, *La pêche miraculeuse*, *La prédication de Saint-Paul* ; *La guérison du boiteux*, *Le sacrifice de Lystre*, *Saint-Jean et le magicien* ; *Le divin pasteur*.

XIII.

On trouvait chez Saint-Martin, (L'Eglise dit) la suite des ducs de Lorraine d'après Saint-Urbain, les comtes palatins, les réformateurs, etc. En 1789, le graveur Weis vendait 30 sols la carte de Specklé!!

XIV.

On peut voir dans l'*Histoire des peintres* de Ch. Blanc, où sont passés beaucoup de tableaux de la collection Erard. En 1804, il envoya à Londres, deux Claude Lorrain, un port de mer (1648) et un paysage (ancienne collection du duc de Bouillon à Paris). Ils furent achetés 200,000 fr. par M. Angerstein, et revendus pour le même prix en 1823 à la galerie nationale de Londres. A la vente faite en 1832, un Hobema, *Vue d'une maison seigneuriale*, n'atteint que le chiffre de 7,210 fr., un paysage, 4,410 fr., etc.

XV.

A l'Exposition de Nancy, on admirait une magnifique soupière avec son plat, etc., faisant partie d'un service complet en vieux Saxe de Meissen, ayant appartenu à l'électeur-roi Auguste. Ce beau service proviendrait-il du R. P. Danzas, mort grand-vicaire de Strasbourg en 1813?

XVI.

La chancellerie de Ribeauvillé, dont les tableaux et la bibliothèque ont été amenés à Colmar, possédait une collection très riche en échantillons de Sainte-Marie-aux-Mines. Le catalogue existe encore aux Archives départementales. — J'ai tiré ce détail de la très intéressante *Notice sur le musée d'histoire naturelle de Colmar et aperçu historique sur le musée des Unterlinden* par M. le docteur Faudel, Colmar, 1872, in-8°. Cette notice est remplie de détails très curieux sur les collections colmariennes, et je regrette infiniment de n'avoir eu le plaisir de la lire que lorsque mon travail était complètement terminé.

XVII.

MM. Auguste Stœber et Dagobert Fischer ont bien voulu m'indiquer deux petites rectifications : 1° C'est l'auteur du Recueil d'Herrade de Landsperg et non son neveu F. Engelhard, ancien représentant, qui a publié le *Voyage en Alsace* ; 2° Le collectionneur des antiquités de Brumath est Félix Weinum, maire de Haguenau, fils du docteur dont j'ai parlé.

www.ingramcontent.com/pod-product-compliance
Ingram Content Group UK Ltd.
Pitfield, Milton Keynes, MK11 3LW, UK
UKHW021105270726
13993UKWH00006B/1022